小麻鸭诗集

彭民玲——著

长江出版传媒

长江文艺出版社

目　录

霁月霜华早 / 001

四季常青 / 002

麻鸭闹春 / 003

樱花树上 / 004

险象 / 006

生存 / 007

窗堰雨 / 008

卢戎湖畔 / 009

燥秋畅游 / 010

雪霁晨曦 / 011

入伏同入秋 / 012

襄江观景 / 013

燕尤欢 / 014

石榴花 / 015

咏梅 / 016

君子兰 / 017

各有千秋 / 018

长向邻里借家园 / 019

黄昏 / 021

诗情画意 / 023

雀叫枝摇不好歇 / 027

生趣犹存 / 029

襄江见闻 / 031

双簧 / 032

暝中游 / 033

天象 / 035

相思曲 / 036

桃花岛晚景 / 037

垂钓 / 038

娱志 / 039

雨霁见闻 / 040

奇景 / 041

三重景 / 042

夜观桃花岛 / 043

南望冥想 / 044

小鸟敲窗 / 045

黄昏下的卢戎湖 / 047

湖畔纳凉 / 048

杂感 / 049

帘卷西江 / 050

风情偏爱襄江晚 / 052

畅游情思 / 053

寄故人 / 055

卢戎故里 / 056

卢戎湖冬日景 / 057

老龙堤景观 / 058

天上人间社稷修 / 060

中部崛起 / 062

雪霁夕曛时 / 063

感怀诗二阕 / 065

缅怀向红战友 / 068

清明 / 070

宜城之行 / 071

不负韶华 / 072

雾中情 / 075

赠故人 / 076

复苏 / 078

洞悉 / 080

新时代最可爱的人 / 081

池塘 / 084

父亲和母亲 / 085

父亲 / 088

一粥一汤不可不淡清 / 090

悬空的新房 / 093

烈情 / 096

春风 / 098

古老的爱情 / 100

雾里寻思 / 101

爱的交织 / 103

新生 / 106

在梦里 / 108

裸爱 / 110

真爱 / 112

胸襟 / 114

孤独 / 116

爱与子 / 118

爱的礼物 / 120

此生不能没有你 / 123

曛烟袅惹的笑靥 / 125

伊甸园里只有我和你 / 127

流失的恋河 / 129

渗血的艳阳 / 131

战友情 / 133

放飞心情 / 135

心语 / 137

前世缘 / 138

江水无情 / 140

孔明诚子万当家 / 142

凄情 / 143

伞兵 / 146

驼峰 / 152

扛着 / 155

爱的奇迹 / 158

襄江，美女 / 161

汉江，我吻你 / 164

故地重游 / 171

堤岸观景 / 172

迷人的九洲岛 / 173

人在水中遨 / 174

夜无眠 / 175

后记 / 176

评论 / 177

霁月霜华早

漫步老龙堤，眺望汉江——
水涨船高帆樯倒、烟波浩渺起泥淖，
不由心生诗情——

堤前渚上炊烟袅，
半里周遭水位高；
草冢千帆漂异地，
黄花①万里长新苗。

淤江晚照半空淖，
日镜阑珊两水腰；
且望东南飞雁阵，
方知霁月上绫绡。

---

① 黄花，即蒲公英，襄阳人称黄花苗。

四季常青

九洲岛上春常在，
万木丛中花总开。
一季艳收三季彩，
四时招揽百蝶来。

虫吟鸟语和风絮，
鸳恋霞飞宿玉台。
湖岸缦回生野趣，
一程一景任风裁。

九洲岛四面环湖，湖面阔若半亩方塘，窄约八丈许，环阁流
淌，一如蛟龙，蜿蜒东下旧县铺①。湖水温厚润泽，一年四季，落
霞垂爱，孤鹜栖息，游鱼喁喁，滋养一方，水稻莲藕受益则口感粘
香。湖岸植被根茎盘结，参差互生；承商家打造，人工草木高低葱
茏，疏影横斜，幽幽若镜。湖上小桥飞驾，鸟儿翀翀，天籁和鸣。
倚湖慢行，怪石嶙峋处，或蠡岸而生，或横亘截湖，然溢水不断，
汩汩貌似梨花瀑；方圆数里，东西南北中，玉雕楚楚，钟楼似金
钗；曲径回廊，亭台伴水榭；楼宇林立，花坞红蓝紫；陡然深呼
吸，即感空气清新，凉风习习，暗香浮动。深居于此，实乃得幸。

---

① 旧县铺，地名，在襄阳市南漳县九集镇。

麻鸭闹春

雪霁梅开风雨过，
春江寒去客家来；
老龙堤下张灯彩①，
解佩渚前摆擂台。

李四裸游将体秀，
张三扎猛把头埋；
王孙拨水飞奔快，
就看谁家有干才。

春雨日时，解佩渚前一片数百平方米的汉江水域，麻鸭数量陡增百余只，非平日所见屈指可数的几只或十来只不等。它们三三两两，或结伴，抑或独行，时而凫水，时而扎猛子潜泳，时而又在水面奔跑并飞行，玩水的技能也算是鸟类首屈一指的冠军了。

麻鸭不像候鸟作南来北往的长途迁徙，却能在几十公里的范围作短途迁徙，集中出现在鱼虾多的水域。我们人类在没有进入电信时代以前，传递重要消息靠的是烽火台、快马、信鸽和人的奔跑，跑马拉松的第一人不就因42.195公里的长距离奔跑不停而跑死了么？那么，麻鸭靠什么传递信息呢？目前仍是未解之谜。

---

① 张灯彩，比喻热闹的场面。

樱花树上

蝶恋樱花蜂恋蜜，
天敌小鸟候多时。
静观谁闯黄泉路？
岂料蝶充雀子食。

蜂使惘闻发信号，
同行不晓有危机，
前仆后继蜂拥上，
接二连三命丧失。

雨过天晴，艳阳高照，窗前桂树画屏①新绿，红枫凤凰②叶儿舒展，垂吊着一个个小伞样的花丁，清香扑鼻，杏树修长的枝干上犹有不畏风雨摧残的花朵，正妖娆地绽放着，散发着芬芳的气息，引来无数的小精灵。它们济济一堂，兴高采烈，庆幸这片天地丰盛的美餐。然聪明的小鸟早已布下陷阱。它栖息于杏花树上，以修长的枝干充间距、雪白的杏花为保护色、肥硕的绿叶作屏障，又以杏花和红枫的小伞花丁为鸿门宴，悄无声息地静候着小精灵们的到来。小小生灵为食而亡的惨剧瞬间发生。生死存亡，残酷演绎，亲眼目睹，不禁要为小鸟的机智而惊叹，也为小精灵蜂蝶

---

① 画屏，指桂花树枝叶繁密如屏风。
② 凤凰，比喻红枫叶子的优美。

防范功能的缺如而悲悯，陡然童心萌发，驱使我穿过园林石蹊观察樱花树。无独有偶，樱花树上同样有蜂使蝶媒不间断地光顾，有小鸟栖息着守株待兔。惨剧是接二连三，不言而喻。可谓：树大招风招山雀①，花香引豸引蜂蝶；相逢狭路谁逃走？且看天敌喙打劫。

---

① 山雀，指大山雀，它个头小，歇在树上，树叶遮掩，不易被人发现。

险　象

一条青虫，
攀附在辣椒的枝干上，
斜拉着身体伪装，
好像斜拉着
钢索牵引飞渡的桥梁。

三枚辣椒，
缀满在沉甸的枝头上，
笑迎着狂风歌唱，
不觉觊觎的
青虫伸出了罪恶的魔掌。

生　存

雀儿闲逛梅花坞，
虫豸伪装土冢形；
骗术本能成与否？
叨声急切便知情。

　　自然界芸芸众生，存在必有渊源，有其理由，所谓大鱼吃小鱼、小鱼吃虾米、虾米吃幼虫、幼虫吃微生物、微生物消耗水，均为生存之需，种族繁衍之道。弱肉强食，物竞天择，适者生存，自然现象，人类奈何不了。人类也是生物链的一员，依赖生物链的完整生活。生物链的低端是微生物，微生物取之不尽、用之不竭得益于地球的生态环境。保护地球，就是保护生物，保护我们人类自己。保护江河湖海的水质是关键。水是一切生命的起源，是微生物的繁殖地。水质污染，影响微生物繁殖，也影响生物链。生物链的终端是我们人类。有人估计，人一生消耗的食量约莫五十吨，可以塞满一车皮。那么，人一生所消耗的水量包括饮用水和生活用水，更是大得惊人。科学家一直设法寻找天外生命，就是寻找有无可供微生物繁殖的水，但至今没有找到。

窗墀雨

云崖倾顶指间涌，
汉水泊天眼下冲。
百鸟回归窠臼①里，
万蝉沉浸洞房中。

玉龙素练②雷声近，
瀑布窗容月季红。
听雨听风苗圃应，
观花观叶泪花浓。

本家北邻汉江，南望真武山，窗台搁置有月季、石榴、茶花、金银花、清香木、君子兰、茉莉花、金枝玉叶、对节白蜡、小叶紫檀、红豆杉等花木盆景，也曾栽种有紫草、辣椒、蒜苗、芹菜、韭菜、苦瓜等作物。风雨飘窗时，花瓣、花叶、小苗尖尖尽皆湿漉漉，缀满雨露。尤以金枝玉叶为美，其叶儿肥嫩，上缀露珠，宛如翡翠，晶莹剔透，几欲滴落，甚饱眼福。

---

① 窠臼，比喻巢穴。
② 玉龙素练，比喻闪电。

卢戎湖①畔

雨打寒梅和雪葬，
尘香迎客满庭芳。
蝶媒出落梨花貌，
蜂使扮成刺客妆。

茶槛②画屏冬麦绿，
樱桃③云锦菜花黄。
春光盛宴昆虫爱，
百鸟栖息日子长。

---

① 卢戎湖，古属卢戎国而得名。
② 茶槛，即栅栏下越冬的茶花。
③ 樱桃，指樱花和桃花。

燥秋畅游

渚①上蝉歌别样噪，
不分卯西几时休？
逃离孤鹜飞天际，
巧遇落霞赶日头。

身若云帆波上走，
心如林鹤镜②中悠。
燕低眼下轻轻巧，
明日何时伴我游？

蝉鸣远播，野鸭迷恋夕曛水，飞鹤一群出郁林③，闲散于浔阳中。一只白鹭逾江而来，优雅地停歇浅滩，用尖喙伸进芒草根觅食，满足了食欲，迈几步高脚，扑翼南飞，去向不明，也许去了远方，也许回归爱巢。我在江中畅游，惦念着白鹭，不觉身儿变得异样轻巧，一如信马由缰，任水波荡漾，荡着回家，好生惬意，忽闻半空燕呢喃，又见左近燕儿飞身敏捷点水流。燕儿好似与我结伴同行，为我带路，为我炫耀绝技，意即：你在水里游，我在空中飞，比你更自由。

---

① 渚，即解佩渚，别名桃花岛。
② 镜，比喻郁林。
③ 郁林，指桃花岛上青黛色的大叶杨林。

雪霁晨曦

楼台水榭梨花素，
阡陌交通晓月霜；
红日一出新世界，
众生万化旧时装。

城郭天井①空山净，
林坞石蹊远岫苍；
白露横江隔岸旺，
寒鸭凫水好生忙。

① 天井，比喻汉江。

入伏同入秋

——九洲岛纪实

昨日旗袍娇女秀，
隔湖垂柳翠眉修。
袅娜猫步摇华盖，
顾盼嫔妃下殿楼。

晦雨今逢萋草绿，
苍云风满细縠柔。
飞禽就寝图凉意，
节气入伏似入秋。

襄江观景

一年一度春分至，
正是风光最美时。
落日有情留晚照，
仲春好客醉花痴。

红梅幕落樱桃①旺，
油菜花开杏李②迟。
犹有玉兰争斗艳，
又闻青鸟舞风啼。

---

① 樱桃，指樱花、桃花。
② 杏李，指杏花、李子花。

燕尤欢

汩固东流夕复返，
云升云落蚁回还；
失惊白鹭逾江越，
镇定野鸭对草眠。

扑水揽阳游尽兴，
迎头观燕舞翩跹；
怜心向往无双翼，
破茧重生上九天。

傍晚时分，我在江中畅游，一时间狂风大作，江浪矸天，逆流而上，掀起一米多高。紧接着，乌云滚滚如潮，自北向南横亘汉江而来，气势磅礴如排山倒海、天翻地覆。

战友张国富曾率性地质疑："汩固东流是常识，怎就夕复返了呢？"

我说："你是土生土长的北国人，身居高原，长年被茫茫冰雪蒙上了智慧的眼睛，对于东风大作下的江浪逆行没见过。"

石榴花

初夏樱桃将上市，
石榴才试火红妆。
蝶来恃己裙衫美，
风吻嫌其裾摆长。

无意争春争荫庇，
成心赶趖赶珍藏。
虎秋足月薄唇笑，
生下一包翡翠糖。

咏 梅

梅红傲雪终将逝，
遗树采风与日青；
不屑百花争脸面，
偏安一角负天庭①。

---

① 负天庭，意即撑起一片天。

君子兰①

君子多年无笑脸，
今春爆冷二开颜。
东风只把尘香②送，
母本才得子本欢。

母子形如一对剑，
流苏状若九枚冠，
母冠显著多于子，
母似正房子似偏。

---

① 君子兰：一株君子兰，生出一对并蒂花，貌似出鞘的大小两柄剑，剑头伸出一柱柱橙橘色的花骨朵，有的裸蕊半开。其柱子之多宛如流苏，每一柱上缀一苞蕾颇像金钗，一排排金钗挺拔、庄严、威武、美观，胜如王冠，十分奇妙。

② 尘香，指寒梅落尘的暗香。

各有千秋

——植物以得天独厚的遗传基因，各显其能，各施其才，呈现出千姿百态、五彩缤纷的仪表之美，美不胜收。

异苗出土同一亩，
彼此怀才各有偏。
击剑①流苏葱韭②铸，
腾云驾雾豆瓜③悬。

紫苏竹叶④琼楼宇⑤，
白菜甘蓝翡翠⑥颜⑦。
野草野花无主问，
著风著雨寿年年。

---

① 击剑，比喻大葱。流苏，比喻韭菜。
② 葱韭，即大葱和韭菜。
③ 豆瓜，指豇豆、丝瓜和黄瓜，均属同一季生长的作物。
④ 竹叶，即竹叶空心菜。
⑤ 琼楼宇，比喻紫苏和竹叶空心菜步步升迁的生长特性。
⑥ 翡翠，比喻白菜和甘蓝。
⑦ 颜，即容颜。

长向邻里借家园

——类似于晋国借道吞并两国，秦国蚕食六国，刘备借荆州，有借无还的例子，植物界可谓屡见不鲜，纯属自然生长天性。

异生作物垄挨垄，
初长互别一片天。
待到绿茵充领地，
长跟邻里借家园。

花生无意闺阁①外，
襟袖②钟情故土间。
红薯乘虚居己有，
蓬勃四海五洲安。

植物生长，需要独立的自然空间，沐浴阳光雨露。如果空间足够，彼此尚能和谐共生，井水不犯河水，各走各的阳关道。然土地有限，生长繁衍迅速，相遇空间不足、土壤改道受阻时，两种或几种植物交错形成相互倾轧、盘结、缠绕、抱团的团堡现象，倒也司空见惯，多见于丛林、灌木、江河湖岸的自然植被。它们既有防患沙尘暴与阻止决堤的好处，也有抑制弱小植物生长的弊

---

① 闺阁，比喻垄。
② 襟袖，比喻枝叶和花朵。

端。它们生死纠结，互不相让，强者甚至能分泌消化液腐蚀、溶解对方，或仗势绞杀对方，占领对方的光照空间，使得对方缺失光合作用的营养而出现形体萎缩、机能退化，所谓自然生长法则，不过是捍卫生存而已。植物界如是，动物界的领地乃至国界、疆界、地界、皇室的纷争又何尝不是耶？

黄　昏

——老龙堤见闻

狂飙冲浪抽巉喙，

滨草伛腰晒日头；

青鸟惊魂纷哕去，

野鸭落魄瑟缩忧。

燕飞五尺煽情秀，

犬奔七成纵欲丘；

月上九霄清影俏，

斜晖千仞赧颜羞。

野鸭、飞燕、犬……生灵与人类一样同属于理性生物，得益于大自然的造化与恩典。根据动物学家的观察：动物中除却马儿，就数家犬最懂人类的情感交流。

遇着燕子时而低飞，时而离地五尺高，秀着迎风停的绝美姿态，游人惬意的情绪尤为高涨。

不知是嫉妒燕儿，要扼杀其本领的恶念作祟；还是恋上燕儿的娇美，要与其就伴儿，大型家犬往往禁不住觊觎之心，拼命地狂吠着，垂涎欲滴着，加速度追赶燕儿，将要赶上，蓦然一跃，虬起身来，两只前爪勾着上举，那架势似要把燕儿牢牢抓在爪心。然燕儿是何等敏捷，只消一起一落的瞬间，身儿便轻巧地扬长而去，甩下痴心妄想的犬儿只有恼怒的份儿、狂吠的份儿、馋涎欲滴的份儿了。

燕儿的优雅，我们人类有么？犬儿的妒忌，人类却不乏其例。当然，人类是智慧生物，一个健全智慧的大脑，其脑细胞所涉猎的信号一如银河系的星星之多。没有动物的本领，人类可以创造本领避免灾害的降临，或将灾害的风险降至最低。人类也为避免动物的恶念，避免人与人之间的嫉妒仇杀，通过智慧的大脑不断学习，不断探索，不断进取，不断完善自己，创造了繁荣的文化、虔诚的信仰、科技的手段、和谐的社会……

生趣如此，意境悠远，迷恋自是。

亲爱的朋友，与其消耗财物、精力和健康，不惜折本地借酒消愁，真不如耐住寂寞，回归自然，置身自然，沐浴阳光雨露的润泽，享受风岚抚摸的惬意，欣赏各类生物种群的适者生存之妙趣，淳朴之美好，那么因疾病而木讷、因离愁而孤苦、因焦虑而抑郁、因困难而怯懦的种种坏情绪都将付之一炬，另有几分意想不到的惊喜，何乐而不为？

诗情画意

——老龙堤之神奇

老龙堤之神奇，匪是徒有虚名。一日心生雅兴，我踏上老龙堤，来到二码头，恰值夕晖从云霭罅隙射出，夕晖似乎汇聚了落日燃烧殆尽的全部能量分外明亮，似一道光缆横亘大江。一轮渡途经于此，光缆如轫止于轮渡前行的滚浪，光耀夺目。人在性情中，禁不住吟诗两句：云崖西下一光轫，巧觐清江二渡痕。

若有游泳的爱好，登上老龙堤，宽阔的江面夕曛袅袅让人遐想万千，葱郁的桃花岛百鸟争鸣使人充满活力，飞驾南北的长虹、拉索二桥教人自信倍增，心情也别样兴奋，乘兴倾身下堤，小憩一会儿，纵身扑入江中，以自由式或蛙泳渡江，眼中的风景伴随一阵清风徐来，意想不到的美妙之感油然而生，不会写诗，诗意自在胸中萌发。

假如你处在浅水埠台，阳光沐浴裸露的肌肤，无偿供给天然的养料 D 族维生素，使肌体自然合成钙质，不仅有一分抗癌抗病的收获，犹有一分阳光泽润的心，又有一群群鱼儿探头探脑地游弋，亲吻你的脚丫、脚背和脚踝，清扫你的脚丫、脚跟的真菌腐皮。

脚丫似有瘙痒感，你并不急于挠痒，反倒沉浸其中，感觉很有意思，很有生趣，什么曾经的离愁别绪、付出与委屈以及太多的不如意全都灰飞烟灭，真可谓别具一格的心旷神怡，魂牵梦萦，诗意也就应运而生了。

一

闲观㴑水清幽浅，
巡弋游鱼个个皮①。
莲步②其间生意趣，
蚁穴③之外爽心脾。

二

堤上细观青水草④，
草中惊现小精灵；
行为诡异身姿巧，
飞燕何曾有此英？

黄昏时分，江景分外清丽：长虹与卧龙二桥华灯初放，余晖与溪月相映，出落美丽的桃花二岛⑤，兀立江中如翡翠镶嵌，彼此依恋、相守相望又如母子或情侣相依；岛岸之间可见渔人划桨忙、游轮中际流、飞鸟颉颃归的掠影，恍如动感的银屏，演绎着十分野趣、生动、原始又时尚的故事。这时，你漫步老龙堤，一览无余的江景无一不激发你的性情和漫无边际的遐想。

---

① 皮，即顽皮，调皮。
② 莲步，比喻小脚碎步。
③ 蚁穴，指蚂蚁爬过穴位的触觉。
④ 青水草，指生在水下的草泛着青绿色。
⑤ 桃花二岛，指襄城与樊城之间的解佩渚和无名岛。

三

老龙堤上游人众，
渚涧草中落日红。
风满幽波菱角①缀，
月垂青柳绣绷②同。

四

天井③幽兰④呼满月，
可惜月相正雏形⑤。
恰值天际夕曛酽，
巧觏游船琥珀⑥明。

漫步三程白日尽，
游江半里老天暝。

① 菱角，指东南风吹拂江面，东流之水遇着东风的阻力，同时相遇侧首南风的阻力，根据牛顿的作用力和反作用力原理，水面波纹在阻力和水流推力的作用下呈现丘陵状，好似灵动的触角，像极了菱角。
② 绣绷，即绣绷子，此景好像绣绷子上的锦绣图案。
③ 天井，代指襄江。
④ 幽兰，比喻襄江的品性像高贵的兰草那样温柔、典雅、苍翠而清幽。
⑤ 雏形，指月亏。
⑥ 琥珀，比喻游船霓灯明亮。

飞禽远去桃花①寝,
孤鹜不离渚涧行。

----

① 桃花,指桃花岛。

雀叫枝摇不好歇

　　畅游汉江，游至桃花岛南岸，立于浔阳草中小憩，聆听鸟啼的婉转声与始终如一的棹桨声，望着温柔的水面与连绵不绝的涟漪，心潮绵绵绾起割不断的愁绪。当风儿扑面，带来江浪和青蒿的清新空气，本能地深吸一口气，呼出心头的愁绪，寻着白鹭颉颃的轨迹，欣赏其逾越江面的傲气，就连静立船头的鸬鹚似也和我一样地尽兴歆美，心中的诗情即如泉涌喷发。

一

忽闻身后窸窣响，
猜是爬行动物来。
回目春风惊草动，
离江船浪打帘①开。

二

兀立岸边一翠柳，
斜垂渚②涧百芒节。

---

　　① 帘，指水中的芒草与垂于水面的柳丝缘。
　　② 渚，即解佩渚，商家念其市场价值，取名桃花岛。

草随风动来回倒，
雀叫枝摇不好歇。

三

浪高三尺风呼应，
燕落一程犬吠逐。
牛没鼻息茎上走，
日栖渚涧岸前屈①。

① 屈，指落日在水中的折射现象。

生趣犹存

阴来几日何时尽，
向晚几时见月明？
健将①自危无志趣，
野禽偏好有心情。

黄莺鸣柳凭岚去，
白鹭呱蒿就渚行。
锦鲤肚白翻水面，
麻鸭扎猛捕鱼精。

动物生存离不开呼吸。种群不同的动物，呼吸器官和呼吸方式各异。鱼有鱼鳃呼吸换气。人有气管、支气管、毛细支气管及肺泡呼吸换气。肺泡充盈气体，像个蜂窝聚合的囊，弹性十足，其上布满丰富的毛细血管网。血液通过此网（即毛细血管壁的渗透作用）进行吸入氧气和排出二氧化碳的气体交换，维持人体的正常呼吸。阴天，气压偏低，雾霾指数偏高，气流不畅，空气中氧分压低，冲着这样的天气游泳，不仅对健康无益，反而有害。游泳是耗氧运动，空气中氧分压低，人体得不到充足的氧气，导致血氧饱和不足，脑器官供氧不足，若有心脑血管病，极易引发头痛和心前区不适；有呼吸道疾病者会引起呼吸不畅。另外，清

---

① 健将，指游泳爱好者。

晨的气压也偏低，也不适合游泳。曾有两名冬泳爱好者，选择清晨渡江，分别因头痛和心前区不适，突发心脑血管病而丧生。人尚如此，何况敏感的动物呢。反应突出的要数鱼类，它们往往浮上水面翻筋斗，露出鱼肚白。而动物们的抗争与环境适应能力，远比我们人类要乐观豁达得多。

襄江见闻

秋风登上桃花岛，
沉柳①深蒿②兑挤揉。
老叟甩竿常绊柳，
游鱼啄饵屡脱钩。

斜阳未尽升明月，
丽水参差抖漪绸。
侧目八哥尤镇静，
游人远去又回眸。

---

① 沉柳，指树根没入水中，或树干半没于水，或树体淹没，深浅不一。襄江的沉柳多如牛毛。由于南水北调，秦巴大山下泄汉江中下游的水量剧减。受其影响，襄阳在鹿门山与岘山之间兴建崔家营大坝，形成"一坝锁汉江，襄阳出平湖"的大观园，再造襄阳因水而立、依湖而兴的辉煌。如此一来，襄城与樊城之间的汉江水位抬高，除了桃花母子二岛，其中突兀的一些小岛屿尽数没入水中，沿岸的沙洲以及植被也一并没入水中。

② 深蒿，指水蒿。

双 簧

雾霭前台兴幻术，
斜阳幕后耍高明。
霓裳轻曼如帘絮，
日镜峥嵘像眼睛。

虎瞪龙睛饕餮相，
月亏①猫眼狡黠情。
含羞恰似娇娃脸，
诡异犹如野兔精。

风吹云流，风歇云闲。多变的风云，在 2019 年 3 月 25 日申时之末，与太阳联袂，上演了一出别开生面的好戏。太阳活灵活现，仿佛人的眼睛，时而诡异觑视，时而垂睑害羞，时而傲慢乜斜，时而怒目圆睁，时而又长时间地吊睛如鬼。云翳则像霓裳羽衣，像闺阁屏风，又像帘栊飞絮，飘渺无常，奇异了得。非常遗憾，我没带手机，要不拍个正着，但见行人拿手机抓拍，出神入化否？不得而知。

---

① 月亏，指猫眼觑视的样子。

暝中游

蛙泳汉江西往去，
翠微天水北垂深；
暝中鸟秀轻翀翼，
渚上蝉鸣好恼人。

渚下麻鸭玩水性，
蒲①前喜鹊养心神。
静观左近轻划水，②
不扰麻鸭扰鹊们。

小麻鸭以汉江为栖息地，日出而作，迟暮而息，捉鱼虾而食，玩水性成癖，技能也高超，兔水、潜泳、裸身打水奔跑、沾云波作短距离飞翔的姿态非常完美。而喜鹊们更喜欢滨草和树梢的栖所，常悠闲于水滨或渚上树梢，看似观望什么，又似闭目养神状。油然而生的亲近感驱使我奋力游向它们，与之靠拢，近之再近之，约莫相距三五米，小麻鸭居然对我视若无睹，不离不弃，喜鹊则机敏地扑翼而飞，远遁而去。

喜鹊天性胆小么？然其腾飞上树的优雅姿态，凌空的高贵傲

① 蒲，指菖蒲，襄阳人俗称毛辣子，具有祛湿化浊的功效。
② 静观左近轻划水，指近距离观察动物，唯恐动物受惊，恰与首联的蛙泳吻合。蛙泳不像自由泳和蝶泳动作大。

慢，真教我们没有进化翅膀的人类汗颜啊。难道喜鹊没有麻鸭聪明、没有麻鸭通晓人与动物和谐相处的人间事么？恐亦不尽然也。

拿破仑预言："中国是东方睡狮，一旦醒来，世界为之震惊。"如今预言成真。中国这头睡狮从1949年10月1日醒来，逐步实现了方志敏在狱中所期盼的理想：美丽的中国到处都是繁花似锦、欣欣向荣，到处都充满了活力、充满了创造力、充满了欢歌笑语，到处都在追求日新月异的进步，追求人与自然的和谐，追求绿色环保的美好气象，追求一带一路的中国梦……

喜鹊是报喜的吉祥鸟，它们飞得高，望得远，见多识广，对我们这个曾经的睡狮民族如今的崛起，焉能不晓？

许是原始人茹毛饮血的野蛮和现代人的枪弹、弓箭对它们的伤害实在太多，太过残忍，就连如何拔毛、开膛剖肚、掏出内脏、下锅煮沸并煎烤成为盘中餐，也教它们窥视了，领教了。它们对此刻骨铭心，将其教导下一代，并代代相传，形成自觉与不自觉地敬畏与警觉人类、视人类为天敌的思维模式，久而久之，生根为脑细胞的固定信号遗传下来。

遗传功能，用则进，不用则废。现实是它们至今还延续着这一遗传特性，如同它们的飞翔能力、筑巢能力、歌唱能力的程序性记忆功能，不仅没有衰减，反而有进化和增强的趋势。它们对人类的畏惧与人类畏蛇一样，"一朝被蛇咬，十年怕井绳"。从蛇进化有攻击性遗传开始，先期出现地球的鸟们同步产生畏蛇心理，而敢于吃蛇的鹰隼类猛禽是个例外。

天　象

东南沿海连绵雨，
内陆中原雾罩天。
一半天明一半暗，
二重日照二重轩。

相思曲

菌茸日冕思华重，
晓镜愁容月郁葱；
天地有合西域空，
锦云泥瓦①战旗红。

一衣带岭阳关道，
一骑扬尘大漠冲；
经纬迢迢隔不断，
往来凭借两栖通。

战友朱锴回复一阕《戈壁曲》：滩，一柱轻纱②上九天；同学恰，英气正当年。滩，遥望风棱似梦牵；踏实干，铁铲筑疆边。滩，绿树红花分外甜；惊回首，荒漠换新颜。

---

① 泥瓦，指和泥，打土坯，盖土屋。
② 轻纱，明喻弥漫的尘沙雪片，暗喻朝气蓬勃、热血喷发。

桃花岛晚景

月秀蛾眉星斗黯，
夕晖粉面画屏兴。
桃花①青黛②清江照，
草木浅滩紫霭凝。

---

① 桃花，指桃花岛。
② 青黛，指岛上茂密的丛林。

垂　钓

浔阳迟暮双重镜，
日钓①水惊数段②形。
疑似龙蛇情侣舞，
难分漂③影月华凌。

漏壶量器④将出酉，
生物闹钟最晓情。
百鸟回程无动静，
八哥守候至天暝。

　　一老翁带着宠物八哥在河边钓鱼，惹游人围观。暮色渐暝，月儿清朗，江上飞鸟绝，堤下疏影暗，生灵将歇息，游人已散去，老翁仍旧耐着性子守候鱼儿上钩，八哥相伴寸步不离，引起我的注意。

---

① 日钓，分别指日景和钓竿，以吻合前句的双重镜。
② 数段，指斜阳和钓竿在水中断层的折射现象。
③ 漂，即鱼漂。
④ 漏壶量器，代指手机或手表。

娱 志

想你歪头真逗趣，
一如醉鬼不服屈。
撑脖睨眼说千遍，
怜心爱波绾万局。

尔念友情邀访故，
余怀娱志启征途。
只期雪养梅花坞，
飞燕来栖坞上窑。

雨雾见闻①

——一人有难大家帮

春水一江秋色重，
桃花母子②两成虚。
飞禽不见鸭无影，
垂柳竞扬絮作淤。

泥淖陷车空打转，
路人见状乐帮扶。
司机拱手拿烟谢，
岂料回绝若鹜趋。

---

① 帮者一干人是愣青，善举虽小，却很阳光，有道是"勿以善小而不为"。

② 桃花母子，即桃花二岛。

奇 景

牛王汹吼多情故，
急吻天涯峭妹胸。
日叟含羞红脸透，
月姑妒笑玉屏拥。

渔舟帆落风生猛，
喜鹊翼翀毵惹浓。
真武①岸然无所动，
汉江回溯不由衷。

战友许远昭回应：

蛮牛一鼻息，呼倒云妹心。
老骥伏惨枥，屏月收艳惊。
风云走湿露，欢颜舒开心。
江水抛惊力，还的自然清。

---

① 真武，即真武山，道教名山，位于汉江之滨，老龙堤之南。登临此
山，可以俯瞰——汉江、桃花岛、老龙提、襄阳古城、古城墙、护城河以及
马跃檀溪遗址。

三重景

蚊蚋麇集驱不散，
云音①且奏燕生衔；
一时羡慕乘风去，
三景溯回有梦牵。

先是兰花迟暮艳，
后栖风雨次晨蔫；
午时三叶②新成色，
更喜生机万物恬。

---

① 云音，指燕子在空中呢喃。
② 三叶，即三叶草。

夜观桃花岛

青黛绝伦天际横，
斜阳趁势火生盆①。
孤星②月伴嫔妃女，
双岛③江出棹桨人。

---

① 火生盆，指斜阳像熊熊火焰从盆子里蹿出来。
② 孤星，指金星。
③ 双岛，即桃花的岛。

南望冥想

襄阳南望九洲岛，
百鸟争鸣花草妖。
疏影横斜石瀑美，
金风徐爽月湖①娇。

楼阁疑似玉霞貌，
风韵婉约宫阙瑶。
水榭曾歇和氏②脚，
亭台舞过美髯③刀。

---

① 月湖，指卢戎湖。
② 和氏，指卞和献玉途中歇脚于卢戎湖之畔。
③ 美髯，指关羽出寨入襄阳必经卢戎湖水路。

小鸟敲窗

——咚咚咚，声声紧凑催人急，循声望去，着实令我好惊喜。一只小鸟歇窗棂，匍匐身子吻玻璃，频频叨着窗玻璃，不见反应，索性颉颃扑窗壁，企图钻进窗户里，几度失败不气馁，重复敲窗又颉颃，徒劳无益才离去。

小鸟悠闲梳羽翼，
吃惊窗内草花萋。
飞身扑入翀翀起，
点喙叩击切切急。

屡屡敲窗无反应，
回回碰壁不生疑。
莫非盆景它相中，
觊望筑巢育子栖。

小鸟敲窗难得一见，忙拍视频发微信。好友对此众说纷纭，莫衷一是，字字珠玑。有的说：人想出去，小鸟想进来，好有灵性哦，要是我，一定宠养它几日再放飞。也有的说：打开窗户，让小鸟进家里，可以招喜福的。

另有朋友说：好美的环境，肯定家里更美哦，小鸟都想进来；放它进屋，喂点食，有人在茶几上喂野鸟，喂饱了，它就走了。

我说：它不吃的，我在窗下撒了谷物、花生、苹果碎片，不见它们吃的。

黄昏下的卢戎湖

月揽金星孤骛恨，
争飞西渡落霞偕。
天庭两场鸳鸯戏，
耳畔四围地籁喈。

忽现一只青鸟叫，
径飞一处郁林歇。
找寻惊动双呈秀，
缱绻翀翀两度斜①。

---

① 斜，指鸟儿斜飞的姿态。

湖畔纳凉

伏①火将息秋虎上，
金星不比月昏黄。
卢戎湖面风尤静，
茶槛林间籁②愈狂。

模仿东郭轻迈脚，
哀怜③天地④远播王。
眼前陡现蜈蚣动，
当夜蝼蛄被啃光。

夜幕降临，昼伏夜出的昆虫蠢蠢出动。一只蝼蛄，大腹便便，大概是贪食，饱餐了一顿吧，一时消化不了，爬不动，也飞不动了，像具尸体横陈草丛外。一只躲在草丛的蜈蚣发现后，闪电般扑上去撕咬蝼蛄。可怜蝼蛄葬送蜈蚣之口，残骸将由蚂蚁迁移。蚂蚁王后哺育后代，正需要大量的营养餐呢。

---

① 伏，即三伏。
② 籁，指天籁蝉歌。
③ 哀怜，是对秋蝉与地虫求偶的歌声产生恻隐之心，呼应上联模仿东郭先生的行为。
④ 天地，指天籁和地籁，在此囊括昆虫。

杂 感

风雨卓来山水绿，
落红满径百花兴：
一黄一紫逢春事，
一谢一开向日迎。

万紫千红丝绣锦，
一针一线纬连经。
吐丝结茧同为理，
小事成全大事情。

帘卷西江①

丁兰②村外九洲岛，
水有精灵地有情。
周武兴卢③商贾续，
南公④动土雁鳞惊。

门临南浦通幽径，
帘卷西江过雅亭。
鹰⑤冤恍如和氏璧，
高悬堪比玉盘明。

邻居肖田回复——

卢戎湖畔九洲岛，
人杰地灵天有情。
周武兴邦黎庶聚，
楚文琢璞列侯惊。

---

① 西江，代指卢戎湖水路。
② 丁兰，即古代大孝子。
③ 卢，指卢戎国。
④ 南公，指南漳县的两位开发商尹总和马总。
⑤ 鹰，指耸立湖岸的巨型雕塑。

丁兰尽孝丁集①守，

水镜②举贤蛮水迎。

日月精华凝结处，

琼楼玉墅汇祥祯。

---

① 丁集，位于襄阳南漳县卢戎湖畔。
② 水镜，即司马徽。

风情偏爱襄江晚

出水离堙观月柳，
盈栊①相吊上高楼。
风情偏爱襄江晚，
孤鹜好歇解佩②沟。

远看西山江水断，
近观老叟钓竿休。
竿长七彩苍穿贯，
穿顶一星诡异谋。

---

① 盈，即月盈。栊，即帘栊，比喻杨柳丝绦。
② 解佩，即解佩渚。

畅游情思

忽有南风说往事，
好生悦耳好温柔。
方言韵似相识故，
脑海云浮至爱眸。

借故风缘捎口信：
届时塞上叙昔畴。
望穿星月期相会，
不想燕鱼有信邮。

许是燕鱼人事晓，
谋求天地友邻修。
感恩盛世风光好，
人与自然水乳稠。

阔别三十七年后，两度寻访青春足迹，重回故乡边陲，承蒙杨云、池秀莲、王君英、冯新丽、丁镜平、郭振其、王建民、杨平、史意香夫妇、许远昭、刘新林、齐建疆、栾建忠、刘雪凤、金蓉、郝翠娥、卢秀玲、赖桂英、蒋卫、赵文新、张军、樊燕萍、刘振海、徐冬梅、张友信、廖新华、李萍华、刘冬梅、齐国良、徐燕、张国富、陈小毛、张惠、曾立新夫妇……等众多战友的热情及其所赠礼品（伊犁薰衣草枕头、精油化妆品、胸针、玉坠、手镯、杏子、馕、银杏果、无花果、葡萄干、红枣），倍感此生有幸，别后常常思念远方的战友，就连畅游汉江亦无一例外地思念。

寄故人

青春戈壁留痕迹，
故旧异乡有恙乎？
人走茶凉才散宴，
春离秋恨就还俗。

诗书空腹心憔悴，
春酒盈樽脑腐迂。
大漠孤烟神往去，
半残蝶梦恍虚无。

战友宁静回复：

18 岁的我，脑海里有一幅画："大漠孤烟直，长河落日圆。"对此，我充满了无限的憧憬，常常幻想着能与一人相依，有羊群相伴，清晨眺望大漠孤烟，傍晚坐看长河落日。我追寻着梦想，希望战天斗地，干一番轰轰烈烈的事业，教大漠变绿洲，教落日不再苍凉。于是我从江南的鱼米之乡来到边疆。许多年后，曾经相依相伴的人，走着走着走散了；许多年后，袅袅炊烟不知不觉成了屡屡乡愁；许多年后，大漠深处有了一望无垠的棉花田；许多年后，有人问我后悔不，看着 18 岁的女儿灿烂的笑脸，我的脑海复又萦绕着"大漠孤烟直，长河落日圆"的壮美画面。

卢戎故里

绣户帘开湖畔望，
画桥横亘月鹰①旁。
泛舟二里丁兰故②，
行陌半程旧县庄③。

孤鹜齐飞情侣秀，
群鹅闲上路人妨④。
小桥流水沿湖道，
石瀑水车睿智扬。

出入贵为贤圣往，
运筹心系故国殇。
人非树木千年寿，
怎晓今朝万物昌？

① 月鹰，指鹰雕。
② 丁兰故，即丁兰故里。
③ 旧县庄，即旧县铺村。
④ 妨，即妨碍。

卢戎湖冬日景

农事耕田冬日养，
卢戎湖满坡毅长。
玉鹅仙客闲游上，
孤鹜精灵捕猎忙。

飞鸟窗前啼婉转，
英姿水上舞颉颃。
九洲①四季风光好，
来日犹思此地方。

① 九洲，即九洲岛。

老龙堤景观

南船①北马②长虹③落，
入夜天桥月水和。
堤上高楼霓彩饰，
堤前马路小车梭。

蓝光远照喁喁至，
孤鹜近欢翼翼卓。
渡口舟横青草横，
钓翁鱼戏性情磨。

老龙堤，你以无畏雷电之魄力，惊世骇俗；以苍龙之躯，闪转腾挪，蜿蜒十里。你头枕万山东麓，尾笞夫人城池；你濒临汉水而立，铸就襄阳天地，没有你，就没有襄阳的古文明。

兵来将挡，水来土掩！老龙堤，你当将当土，从容自如。夫人城凭仗你，华夏第一城池倚重你，群雄、州府郡道器重你。你以一夫当关、万夫莫开之豪迈，堪称将士，势若喉襟，独擎天地！

近山者仁，近水者智。老龙堤，你当仁当智，天下无敌。你优雅徘徊，你温婉迤逦，你磅礴大气，你禀赋灵犀，守望汉水中

---

① 南船，即襄阳市襄城。
② 北马，即襄阳市樊城。
③ 长虹，指长虹桥。

游，甘为云梯。

襄阳自古荣登你的云梯，演绎钟灵毓秀、七省通衢之传奇，成就天下豪杰、名流、贤士之大器，堪称浩浩汤汤三千里汉江黄金分割点之圣地。

看胜地：隆中、夫人城、昭明台、仲宣楼、真武山、承恩寺、水镜庄、春秋寨、黄家湾、鹿门寺、米芾馆、习家池。阅典故：卞和献玉、完璧归赵、下里巴人、阳春白雪、曲高和寡、宋玉东墙、伏龙凤雏、桃园结义、三顾茅庐、马跃檀溪……数风流人物，有孔明、刘备、关羽、张飞、司马徽、庞统、宋玉、米芾、和氏的足迹……赏诗篇，有李白、白居易、杜甫、刘禹锡、王维、元稹、孟浩然、范仲淹、曾巩、苏轼、陆游、欧阳修、秦观、王安石等众多名家的遗作，千古传诵，流芳百世。

天上人间社稷修

红霞锦缎霓裳斗，
天上人间社稷修。
汉水折阳天际就，
帆樯掠影桨声留。

寒鸭瞅空扎渊薮，
社燕扑身戏水流。
喜鹊时常歇柳上，
坐观船浪扫蒿头。

朋友，你有过俯卧江面的经历么？你若水性好，匍匐江面向西游，望夕阳垂落，云蒸霞蔚，烟波渺渺，殷红一片，宛如一幅绣工精细的针织匾。整幅匾额看起来，山水相依，瀑布飘逸，人物逼真，服饰华丽，肖像有趣，若说像张婴儿稚嫩的脸还缺少奶气，像张年轻的面孔又欠几分朝气，倒蛮像中老年戏妆登场呢，青春焕发，慧眼炯炯，温厚情浓，风情万种。啊，如今的中老年人，退休了，有时间收拾打扮了，时常聚在一起跳舞唱歌或野外郊游，享受生活，不负光阴，越活越年轻，越活越美丽。他们的美是一种成熟的美、健康的美，十分宝贵难得，用花色最艳鼎盛期、果实最甜方成熟、人间最美夕阳红比喻他们再贴切不过了。

日景如是，江水之美则有过之而无不及，尤显滋润柔情，恬美活泼，浪漫浓郁，富于生命气息。

即兴摘下泳镜，透过湿漉漉的睫毛掩映，但见：日景折射，天水合一，风光旖旎，奇妙无比；幻似：戏子绸装紫霓兜，朱帘画舫夕曛苍，仙女凭栏霓裳飘，落霞西下孤鹜追，鹤汀凫渚鱼鹰栖，万千飞鸟翀翀戏，惊涛拍岸溅飞雪，嫦娥奔月祥云飞，玉兔乖巧伴嫦娥，吴刚捧出桂花酒，宇宙飞船登月背、探访火星祝融号……一幕幕如银屏再现，生动形象。

假如合上眼，黑暗的睑幕依然透着日景的折射现象：金、银、蓝、绿、大红大紫、粉嫩粉嫩的各色血球，飘雪似的从九天陨落，源源不断，变幻无穷。

睐一睐眼吧，绮丽的天水霞波映入眼帘，睑内恍如一出戏的场景：舞台幻灯、月圆月缺、晨曦平西、水榭楼台、天宫瑶池、珍珠佩环、金棒焰火、虹桥绿树、青草轻烟、飞禽走兽和大小人物，应有尽有，轮番亮相，异彩纷呈，比及小生、老生、花旦、武生的功夫表演奇幻百倍，时而影影绰绰，有几分诡异；时而漫天撒花，光芒四溢。

瞅着眼花缭乱，目不暇接：一会儿白浪飞渡，引来万千金花星斗屏；一会儿猫眼萤流，缤纷闪烁金鳞缀；一会儿烟波浩渺，日月同辉，浮光掠影；美轮美奂中，惊现王孙飞马行空止于渚，巧遇神女解佩之奇艳。亦真亦幻，虚拟反射，画家不曾画，银幕不曾见，还是睁眼瞧实景吧。

但见：浔阳插柳跟风舞，柳上雀歌四五只，雀啼翠柳时展翼，贵族宿鹭教鱼欺，飞鹤出林秀美姿，野鸭合欢正调情，旁开三五米，锦鲤媲美肚子挺。

抬头半空睒，群燕迁回舞风行。放眼望天际，诗情燃烧胸中起。

中部崛起

秦岭喷薄出汉水，
三千里路下长江。
鼎足华夏一文脉，
兴灭楚秦两霸王。

锦绣乾坤一路带，
苍莽大地九霄狂。
千年兵俑吹军号，
万丈豪情奏凯章。

雪霁夕曛时

一

飙车二骑风尘扫，
惊妇不惊鸟上房。
喜鹊衔枝生育事，
老牛啃草反刍忙。

落霞孤鹜飞天际，
残月群星映雪霜；
江面对歌谁唱和，
夫妻出水裸虾装①。

二

练身首位推游泳，
筋骨不伤病痛防。
江水按摩延寿命，
血压呵护养阴阳②。

① 虾装，指冬泳人畅游汉江，因冷江刺激，皮肤泛红的体貌。
② 阴阳，指阴虚阳亢。养阴阳，指调理阴阳平衡。

纳呆①参与违生理，
热饮②补充讲健康。
愁苦不如冬泳去，
寒江针灸③治陈伤④。

---

① 纳呆，指食欲低下。
② 热饮，指冬泳人需要足够的热能饮食，譬如：牛奶、豆浆、瘦肉、骨头汤、鸡蛋、杂粮、坚果等含铁高的食物。如果体质虚寒，可于下水前一小时进食牛奶、豆浆或巧克力等。注意：运动之前不宜饱食。
③ 针灸，指冬日水寒的刺激如针扎。
④ 陈伤，即陈旧的伤，一词双关：既指愈合性伤口和内外伤后遗症，也指情商。

感怀诗二阕

——2019 年 5 月 1 日星期三，阳光明媚，暖意融融，当日打开微信，战友们开心游麻城的视频和图片立马映入眼帘。

一、向往

革命老区麻城县，
将军威震杜鹃红；
一生戎马丰碑树，
五月花都世代荣。

故旧请帖天外望，
鱼音有信雨中喟；
少年知遇乡情故，
花甲惠临雨霁冲。

二、忆故人

战友相约急赴会，
将军故里看杜鹃。
难求一票心生怨，

期待二年梦可圆。

东海提及畸子弟，
令堂烙印本心田。
数学示教今犹在，
遗憾未谋冢就眠。

阕中"东海"即战友名：刘东海；"令堂"：指畸子弟的母亲，是我在边疆相遇的一位好老师，她温柔的性格很像我高中时期的王宝霞老师。她叫王忠精，可谓名如其人哩，她忠诚于党的教育事业，教学工作致力于就就业业和精益求精，是团里有名的好老师。我在团里当老师时听过她的公开课，印象深刻。她教数学声音洪亮，板书井井有条，学生听她的课，一听就懂。

近来，战友刘东海联系上她的儿子董斌，方晓王忠精老师仙逝几年了，也才听说董斌曾是我的学生。那时他年少，今已步入知命年，还记得我这个年轻又不称职的老师，居然口口声声地称呼我小党员老师，盛邀我和刘东海、施正辉、郑先念、王玉等已是花甲年纪的武汉战友，于其家乡麻城相聚。正是：天外飞来一请柬，心中忧喜二平参。

喜即：麻城诞生了王树声、许世友、陈再道等36位共和国的将军，是闻名遐迩的将军县，是我仰慕已久的革命老区。我联系上黄冈战友舒秀芳，秀芳忆起王老师一家人的好，叮嘱我赶紧买车票前往，且又知她联系了襄阳的韩京陵、荆州的骆爱红、黄石的朱锴、熊建英几位战友同行。然节日人多，我是一票难求，又因节前风雨渐沥，还有书稿待整理，未能成行。郑先念因感冒发烧，熊建英和朱锴都因有事而推辞。襄阳的夏道红、闻克宽和赵会民三位战友很想参与，因人在外省而错过。陈飞战友看到消息，赶了尾声。

忧即：我本文化底蕴不足，当老师可谓愧对学生了，却有学生念着我的好，心下甚为惭愧。我们这辈人学生时期多半是开门办学，有几个学年甚至连书本也不发，市面上也缺少图书，书本知识学得太少。

缅怀向红战友

遥想当年除旧岁，
巡逻野外保边陲。
进屋不幸枪膛上，
逃命难逃子弹追。

舞象独儿赍志殁，
更年孤母断肠催。
人间天上沧桑老，
白发①青丝②甲子垂。

战友周沛回复：悼亡友

一腔热血洒戈壁，
化作淤泥生绿茵。
祭奠不觉花甲至，
悲伤已是泪花莹。

战友梁向红，家中独子，高中毕业时，响应祖国号召，放弃独生子女留城的政策，毅然决然地奔赴祖国遥远的边陲屯垦戍边。

---

① 白发，指凭吊者。
② 青丝，指逝者。

屯垦第一年岁除，正是他的生日十八岁成人礼。然而，天有不测风云，他从野外巡逻归来，不幸殒命于冲锋枪走火。回想他一个活脱脱的好青年，年纪轻轻地走了，没有留下一句话，我不禁潸然泪下，遂以小诗怀念之。

清　明

清明杨柳飞花絮，
和泪点香祭故人。
慈父戒吸烟酒否？
女儿备上果蔬陈。

无烟无酒别生气，
孝道孝心可鉴真。
油爆花生您最爱，
清茶慢品养精神。

　　父亲设家宴待客少不了油炸花生这道菜。即便没有客人来，逢到酒兴上来，不管有菜无菜，花生就酒自斟自饮也是他的乐趣。花生粒买回来，母亲挑出坏花生扔掉。扔掉坏花生，好花生已经受到污染，黄曲霉菌含量高，是高度致癌物，母亲洗都不洗，就搁油锅里煎炸。煎炸本身油温过高，过氧化了，也是致癌物，母亲不懂。另外，父母炒菜，要等油锅烧辣了，方才下菜翻炒，结果满厨房油烟子袅绕。旧时的排气扇相当一个小窗格，抽力小。油烟子抽不净，进入肺里，同样致癌。父亲罹患肺癌，一个甲子去世，一是烟瘾，二是油烟子污染，三是花生就酒所害。若无烟瘾、油烟子污染和花生就酒的爱好，父亲活到耄耋鲐背甚至期颐之年完全有望。

宜城之行

远水近杨堤上望，
青湖月影柳风骚。
漫游商铺星云布，
不见牌坊宋玉昭。

告退老翁怀社稷，
辟出斗室育新桃。
付出不望一分报，
福寿满堂二字高。

诗中老翁为邻居杨毅老师的岳丈：一位追求生存价值和梦想的快乐老人。他从教师岗位退休后，告老还乡，一边种植自留地，一边办学堂。一俟寒暑假，方圆十里的孩童赶至学堂。老先生乐在其中，实施快乐教学：音乐数学同步走，国学渗透配歌谣。我和先生受杨老师夫妇之邀在老人家中做客，傍晚其亲眷驱车带我们游览宜城街巷，观赏城中清澈的湖水。末了，我们一行人徒步登临位于城北的十里长堤，俯瞰汉江，触景生情，有感而发。

不负韶华

青春的荒芜是生命的残端，永远的遗憾。人过中年，蓦然回首，我们的青春曾用真诚和热血响应祖国召唤，实现梦寐以求的理想和抱负；用善良和豪情义无反顾地离乡背井，远赴边陲贫瘠的土地；用无私和竭尽心力的斗志改天换地，经受风沙和血吞、冰雪汗水凝的意志磨炼，尽管有过迷茫，有过失落，有过绝望，却不曾虚度。

西域天蓝明镜面，
南国雾远意清纯；
云罗两地清汤煮，
共享一锅瑞雪吞。

三九①三伏②流血汗，
二八③一日戍边屯；
蹉跎岁月星辰见，
不负韶华志向存。

---

① 三九，即三九严寒。
② 三伏，即三伏天。
③ 二八，指十六个小时，此一句指我们每日五点半起床，紧张洗漱，吃罢早饭就上工，直至天黑下工，返回驻地吃晚饭，接着开会到十点或十点半，再洗漱入睡已是入夜十一点钟了。长年累月只休息旬日，即干满十天休一日。

冰天雪地里，年轻的战友们在野外劳作，野餐时，馒头就着凉菜吃。不一会儿，菜汤和着雪花结了一层冰。薄薄的冰层裹着菜肴，像玛瑙又像奇异的琥珀，吃进嘴里，就像咀嚼着冰碴饭和跳跳糖，嘎嘣嘎嘣地脆响，十分有趣。酷暑和初秋的干热天气里，大家头顶烈日，冒着阵阵风沙，筑路，盖房，修水利，跑运输，装卸砂石料……

盖粮仓时，战友们操铁锹翻砂、搅拌混凝土，然后搬砖、码砖、抛砖传递。大风刮起来，风沙漫天飞，人人蓬头垢面，连眉毛、眼睫毛、鼻子、耳郭都有盐碱的浮尘。

男战友们吃苦耐劳，个头瘦高的战友有时候光着脊梁，伛腰背负二三十块的红砖，吭哧吭哧往前走，真像铁打的汉子。曹英豪和李先华两位战友，曾当着我的面举拳曲肘，展示力量。陈刚战友总是迎着风沙干活，我每次叫他远离风沙，他像没听见似的。许多年后，提起这事，他说："我要是走开了，你们往哪站？"啊，我明白了，他无私地把好位子留给战友。这让我记起陈茂良战友的回忆，他是架子工，经常爬高搭架子，肩膀因工伤得了肩周炎，打封闭治疗，一条胳膊肿了半年，他也不曾休病假。

女战友国丽萍特别能干，也特别能吃苦，常常登高，像男战友那样站在两层楼的建筑板上，向我喊话："小党员，来，来，朝我这儿抛！"有一回，居然把我从梦里喊醒了。

男战友们干活出力多，女战友下工后主动承担拉水和挑水的义务。有几位女战友时常抢夺车把在前面拉，我和别人在后面推。我逞能，有时候抢在前面拉水，叫她们推。有时候我实在撑不住车把子，她们赶紧上前扶住车把，一起往前拉。水不够用了，我仍然逞能①，坚持为大家挑水，水桶装满水几乎比我人还重。韩京陵每次都来替换我。有时候遇着国丽萍和男战友来替换，韩京陵常把男战友支走。

---

① 逞能，借用家人的话。其实不是逞能，而是努力做个称职的党员，不辜负学校领导和老师的期望。

雾中情

白露横江无尽远，
长虹①拉索②任其湮。
夫人真武③同天色，
热血青春见雪原。

飞絮④漫天风暴吼，
战旗插地号声喧。
挥锹抡镐一身汗，
化作冰霜鬓角莲。

　　白露茫茫，思绪遥遥，曾经的我们，在零下二三十度的冰天雪地上劳作，汗流浃背。热汗与呼出的气体，冷凝成霜，挂在刘海和鬓角上，好像冰雪天绽开的雪莲花。有的男战友，眉毛胡子挂霜花，简直就像白胡子老头。

---

①　长虹，指襄阳的长虹桥。
②　拉索，指襄阳的卧龙大桥。
③　夫人真武，指襄阳的夫人城和真武山。
④　飞絮，指雪花。

赠故人

年少出家赍志远，
一腔热血洒边陲。
不禁风水轮班转，
怅惘时辰负重归。

人语沽名学钓誉，
君驳吊利欲怀垂。
回眸楚楚云和月，
天鉴个中事怨谁。

人语沽名学钓誉一句，指一些人不理解也根本不了解我们。我们不仅做到长年累月并日日吃苦耐劳，用生命书写青春，有的甚至在危急时刻挺身而出。武汉战友陈伟，看见精神病人发病了，一手拿菜刀，一手拿水果刀，与护送他去精神病院的人发生对峙，情况危急。陈伟个头小，机智勇敢地从后面抱住精神病人。精神病人用力甩开他，他死死抓住病人拿菜刀的手不放，其他人趁机夺下菜刀制服了精神病人，但陈伟的背部还是被水果刀刺中出血，幸好是皮肉伤，住了几天医院好了。襄阳战友熊小飞听见呼救的喊声，立马跑向大水坑，见一孩子在泥巴浑浊的水坑里挣扎，情况万分危急，他奋不顾身地跳进水坑，救上来的孩子约莫十来岁，当时奄奄一息，一转眼就死了，教浑浊的泥巴水呛死的。虽然孩子死了，但他舍己救人的精神行为值得赞扬。他说：水坑不深，齐他胸部，只是站不住脚，底下全是泥巴，他是游过去的。我走过泡水的田地，田地像陷阱，人往里边走，直往下陷，越陷越深，想那泥坑齐他胸部深，站在里边就更危险了，幸而他会游泳。即便会游泳，下到不知深浅的水里救人都是凶多吉少。溺水者在水中挣扎，不管抓到什么都当作救命的稻草，死死抓住不放，假如抓住救生者的双手，救生者无法游泳了，相当危险，也会和他一起淹死的。

君，指武汉战友方超英。他主动搜集照片，制作战友相册，以资纪念我们一同奔赴边陲的志向，故而索要我的照片。我的照片交由战友杨秀荣保管。杨秀荣 26 岁时撇下刚满周岁的孩子，喝下致命的"敌敌畏"走了，连同我的照片一起去了。我们最美好的青春献给了可爱的祖国，无论从精神上，还是从生命的意义上，都是一次涅槃的洗礼和重生，只要活着，就为年轻时的梦想活着，痛与水流付，命运自身搏，只待风雨后，欣见七彩虹。

复　苏

雪染的冬阳醒了，
抖尽了暮年陈旧的霓裳，
温暖地洒在桃花岛上。

眠熟的虫草复苏，
打着呵欠，懒懒地伸腰，
只把裸身的桃树拥抱。

桃树灰褐的臂膀，
打上青条，羞怯地含苞，
悄把暗香频送与春早。

一只较之于蚂蚁，
两倍有余的美丽的蜻蜓，
软着在我摊开的书上。

书是志摩的诗行，
一席噩梦，透着隐隐的
唯爱唯美唯自由的殇。

然那小小的蜻蜓，

像蜂王吮吸花蕊的贪婪，
无视旁人猎奇的凝望。

不忍惊动此生灵，
那玲珑精巧晶莹的翅膀，
缀满王者得意的清光！

洞　悉

你微觑眼睛的空隙，
藏着秘密。
起风了，
泪海的潮汐，
淘出生命的沙砾；
不似晨曦，胜似晨曦，
涂满血腥①的记忆。

---

① 血腥，比喻人生磨难中最苦痛最脆弱最铭心刻骨的一段经历。

新时代最可爱的人

——纪念凉山救火中牺牲的三十名英烈

噼里啪啦……
茵茵草木燎燃，
呻吟痛苦万般，
呼喊阵阵撕心肺，
气喘声声断肠肝。

火，火……
在肆虐，在弥漫，
蹂躏我原始山川，
践踏我木里凉山，
毁灭我生态家园。

火速出发：消防队员！
拯救山林，责任在肩！

消防队员，
生龙活虎地来了！
悬崖沟壑烈火冲，
植被荫浓烟更浓，
掩映不住橘红的身影

腾跃在燃烧的火光中。

为了人民，为了家园，
我们最可爱的消防员，
赴汤蹈火，死而无憾！
火，火……
风助火威，残酷蔓延，
休教火势霸道横青山，
休教火力发威毁家园，
休教火焰蚕食一片天。
英勇无畏的消防队员，
为了人民，为了家园，
战火海，斗火山，
气概轩，斗志坚。

火，垂死挣扎的火，
湮灭的死灰又复燃。
消防队员，
用智慧，与生命，
用最最美好的青春，
奋战拼搏，一往无前，
扑向兽性吞噬的火焰。

火，烧在身上，没过头顶；
火，熏着鼻子，呛喉呛肺；
火，窒息呼吸，炙烤双眼。

消防队员毫不示弱，
宁可鲜血浇灭火源，
宁可躯体滚灭火焰，
宁可葬身火海火山！

生命何其贵，责任高于天。
可歌可泣的三十名消防员，
用年轻的生命呵护森林家园，
用壮美的旋律挥洒人生潋滟，
用黄河的咆哮震撼万里山川。

风在吼，火在烧，
森林在呐喊，森林在呐喊……
凉山木里英雄多好汉，
挺身而出个个抒豪胆。

风在吼，火在烧，
森林在呐喊，森林在呐喊……
凉山木里英雄多好汉！
挺身而出个个真彪悍。

火，终于屈服了！
森林家园得救了！
消防英雄，血染凉山！
亲人悲痛，举国悲痛！
志士英灵，不朽凉山！

池 塘

池塘，
从不弹奏涟漪的波长，
纵有风儿来光顾，
亦无传播他乡的迹象。

池塘，
除了一己方塘，
别无思念的对象，
亦无膨胀的欲望，
更无背井离乡的胆量。

池塘，
活着依靠雨水，
死了怪罪太阳。
不死亦不活，
无奈天时有阴阳。

父亲和母亲

——此篇专为汶川地震中罹难的父母所作。根据广为流传的照片显示：母亲背靠坍塌的残垣断壁，刻意将乳头塞进婴儿嘴里，奶奶护着孙子，儿子护着母亲，在母亲背上顶住坍塌的屋梁，脊背因此伤痕累累没有留下一块完整的好肉，不禁让人震撼而泪如雨下。我们民族伟大而无私的父爱和母爱，以及尊老爱幼的传统美德，在突如其来的天崩地裂的灾害面前，再次得到彰显和印证。

孩子，别怕，
天塌了，妈妈有床。

嗯，妈妈，我不怕，
您温暖的怀抱像宫腔；
您奔腾的血流，
与跳动的心脏，
像是音乐美妙的回响；
任地动山摇，任苍天疯狂，
我，始终如一，安然无恙。

孩子，别哭，
饿了，叼着妈妈的奶头，
千万，千万别松口；

假如，奶水干了，
那就使劲地咬吧，
咬破奶头，
吮吸妈妈的血流。

只要你好好儿活着，
告慰妈妈的是安详；
只要你坚强，
妈妈的来生，
还想为你献肝肠……

孩子，别怕，
天塌了，爸爸有房。

嗯，爸爸，我不怕，
您宽厚的胸膛像铜墙；
您挺拔的脊梁，
与结实的臂膀，
像是钢铁的力量，
任瓦砾埋葬，任风雨发狂，
我，始终如一，毫发未伤。

孩子，别哭
累了，抱着爸爸的颈项，
千万，千万别后仰；
假如，颈椎裂了，

那就紧紧地抓吧，
抓垮颈项，
还有爸爸的肩膀。

只要你好好儿活着，
告慰爸爸的是成长；
只要你坚强，
爸爸的来生，
还想为你再护航……

孩子，别怕，
也别哭，一定要坚强。
天若黑了，
生命的烛光为你照亮。
爸爸用骨髓与脑浆，
妈妈用脂肪与血浆，
燃尽烧光，
只为等来黎明的曙光。

父 亲

啊，父亲，
您的眼睛，曾经机灵得
像扑闪的明星，又像游离的萤……
而那天
您的眼睛，何耶这般地
浑浊滞涩又迷惘，迷惘
在记忆中死寂的小池塘——

那池塘
乌黑泥淖无一丝微光，
没有鱼儿唧唧的乐音，
没有鸭鹅戏水的欢畅，
却飘着尼古丁的幽香……

从后窗袅袅地飘进房，
入您脆弱的六腑五脏，
在您跳动的心房徜徉，
和血一起流淌至脑浆，
转而腐蚀呼吸的肺脏，
平添癌瘤藤蔓的生长。

像丑陋的乌贼的魔掌，
在肺门肆虐延长扩张，
吞噬啮咬厚实的胸膛，
搜刮削弱粗壮的臂膀，
饕餮消化华丽的油肠……
谁也无法阻挡——

啊，父亲，
您伟岸的肩膀和脊梁，
您嶙峋的瘦骨与肌黄，
挑着工作生活的重担，
扛着责任义务的坚强。
儿为您骄傲又忧伤：
那烟熏的池塘，
无情损耗您的健康；
您微笑的慷慨，
何尝没有病痛折磨的怅？

啊，父亲，
待儿有空孝敬您了，
您已在冥界的地方，
度年二十余的守望，
守在挚爱的铁道旁。

一窝一汤不可不淡清

他走了，
QQ 头像每每灰暗着，
手机停机，
座机一直无人接听。

他走了，
是黄泉那边的魔爪
强行劫走的，
可怜的无助的生命。

他走了，
生的眼神始终流露着
我不会死的，
我能活，我还能挺！
活上十年，十年的寿命！
然而，
呼天——天不应，
喊地——地不灵。

他走了，
带着半生沉疴的折磨，

但愿天堂，

允他安详，允他清静……

若有人间，人间另一半，

务请

味蕾的感知，

一肴一汤不可不淡清！

　　我先生的同窗好友杨师先生，曾两度接受肾移植手术，他是世上鲜有的拥有四个肾脏的病人。第一次换肾，肾脏在他体内服役十余年，算是医学史上的一个奇迹；第二次换肾，由于罹患肝炎合并肝功能不全症，肾脏仅仅服役一年多，就因肝功能衰竭而医治无效，使他将至天命之年不无遗憾地离开了他所依恋的妻儿与一生的梦想。

　　杨师先生，生前曾在我家做客，见我做菜清淡，主动要求做两道荤菜。正好我养着小鳝鱼，又买了一点牛肉，他提出做个盘鳝，再做个干煸牛肉，尝尝他的手艺。我同意了，同时也想学学他的经验。

　　先是盐炒盘鳝，炒干水分，喷酱油，喷透了，撒上一点花椒和切碎的干红辣椒，加点水烧制，水分烧干即出锅。接着，用同法做干煸牛肉，只是多加一点水，多搁一些蒜瓣，滴点醋，烧制时间长一点，干煸牛肉便做好了。盘鳝卷曲着，浓缩着酱油和盐分，色泽褐红，很是诱人口味；干煸牛肉干干的，一如市场销售的成品无二致。我们分别尝了尝，连说味道好极了。

　　想着酱油本是含盐的，又搁了盐，这样吃了过多的盐，对血脉和肾脏可是有害的，我话锋一转，对他说：我们不搁这么多酱油和盐的，盐吃多了对身体不好。

当时的他接受肾移植已经服役九年了，与他同时期接受肾移植者，有的三五年左右就因经不起排斥反应而先后离开了人世。他说他是幸运的。

我希望他活得长久些，于是劝他饮食清淡一点为好。

他不以为然道：太清淡了，没胃口，再说了，这两道菜不是天天吃，不碍事的。

我想一个病者没胃口，对健康的恢复是有影响的，就又劝道：做菜不能以味道重调口味，食物可以花样翻新嘛。他点头附和着。然而，这次家宴后，不到三年时间，他的身体挺不住了。弥留之际，他心有不甘，多想活下去啊，多想看到他发奋读书的儿子能够成家立业，有所成就啊。病榻上的他对妻子说：我能活，我能挺，还能活上十年！

悬空的新房

凭窗远眺，泊于汉江的无名、桃花二岛，依水相恋，南北守望，十分惹眼。无名岛，蒹葭苍苍，荒无人烟，大叶杨寥落三株，岿然不动，仿佛伟丈夫，鹤立鸡群，独领风骚。桃花岛，晨送曦月，晚接平西，霸主大叶杨横天青，庄稼间种牧家禽，候鸟栖息炊烟袅，生机勃勃赛园林。大叶杨，婀娜多姿，温柔慷慨，材质造纸，富甲一方。二岛若无大叶杨之壮美，何耶参差错落之旖旎？庆幸二岛尚未开发，依旧保持原生态，任万木逢春，引千鸟栖息，生野趣之妙，功在千秋，利在当下。

大叶杨哟大叶杨，
无奢望的大叶杨，
根植于桃花岛①上，
与杨柳与滨上草，
连根呼吸汲襄江，
寝起，与鸡鸣迎曙光，
黄昏，与宿鸟送斜阳。

大叶杨哟，大叶杨，
杨柳婀娜，美名扬，
滨草纤弱，倔强相；

---

① 桃花岛，即解佩渚。

试问叶杨你相中谁？
礼让滨草，坐高堂。
清汤寡水，即成席，
叙话枯荣，嫁衣裳。

大叶杨哟，大叶杨，
岿然深处，孤夜长，
彪悍无畏，铁臂膀，
影阔姿英，气轩昂。
势吞云山，盖西方，
空林往来，有僧唐。

大叶杨哟，大叶杨，
跳开眼界，自冥想，
眸射流星，溅八荒。
叶杨蟒绿，略动容，
乃知梦幻，君出场。
此间已是日殇黄，
云笼雾昏隔江望。

大叶杨哟，大叶杨，
恋人伟岸的胸膛。
多想做你的新娘，
吻你绯红的胸腔。
不含唇膏的印痕，
流溢永恒的春光。

大叶杨哟，大叶杨，
明月沐浴的情港。
呢喃偎依你身旁，
聆听鸟儿寡清唱，
向往双飞的翅膀，
织造悬空的新房。

烈　情

亲爱的
凝视你星睐慧點的俊眼，
我吻你了，
深深地，柔柔地，轻轻地，
吻进你胸怀涅槃的心房……

你大山样黝黑厚实的胸膛
一如炭火猛烈燃烧的滚烫，
炙热我，苍白的脸庞……
绯而无羞，尽诉衷肠，
听似肺腑之言的杂沓冶笑，
何尝没有青春梦想的忧伤。

你雄鹰般健美壮阔的臂膀，
恰似血氧喷涌劲风的冲浪，
震撼我，衰弱的饥肠……
激越摄氧，浸染红装，
看似媚眼依恋的款款深情，
焉知凝聚男儿助威的力量。

你蜜桃状肥硕频搏的心脏，

恍若波澜不惊溪流的欢唱，
荡漾我，灵魂的衷肠……
滴沥波光，猩箸斜阳，
岂非人生百态终极的炎凉？

夜深更，一只蝙蝠恐怖地
张着乌黑骇人的翅膀，
在我脑海的沟回横冲直撞，
似蚊虫蜇肌肤的痛痒，
真恼，真荒唐，
毁我半生美妙的幻象。

春 风

春风，春风，
你吹吧，铆足劲儿吹。
吹绿了河水，
吹绿了山冈；
吹绿了东南西北，
吹绿了城乡僻壤。

春风，春风，
野火焚尽的小草，
任你吹着重返青；
叶落光秃的花木，
任你吹着生芽勤；
田野荒芜的庄稼，
任你吹着绿茵茵。

春风，春风，
你吹吧，铆足劲儿吹。
吹美了梦想，
吹美了祖国，
吹美了丝绸之路，
吹美了一个新天地。

新天地里，

繁花似锦，祥和又如意；

新天地里，

生机勃勃，春风酝诗意——

花语议春风，花开花落从容期；

鸟语歌春风，晨起育雏至平西；

杨柳荡春风，婀娜袅袅漫瑶池；

飞燕舞春风，优雅飞停点水戏；

小溪吟春风，欢快流淌无止息；

江河唱春风，奔腾入海抒豪气……

农家小院，水榭楼台，

阡陌交通，花坞兰溪；

松槎窠穴，园林小径，

草坞石蹊，青山湿地……

春风无处不芳菲，

春风无处不明媚；

春风无处不燕舞，

春风无处不莺啼，

春风无处不欢喜。

春风啊，春风，

你无拘无束自由栖息，

栖息在祖国的大好河山里。

古老的爱情

古老的爱情，
仅遗一抹余灰，
复燃已经疲惫，
等同残断的脊髓，
留下瘫痪的双腿。

艾怨心不随，
流泪无人悲，
颓废——是虚度年华的枯萎，
撤退——有难忘美好的回味，
进取——乃何等优雅的珍贵。

雾里寻思

雾气蒸腾，氤氲漫天，
像霓裳斗篷，与丝幔，
像蝉衣帘栊，与帐帏，
像沐浴桑拿的空间……

那么轻盈，那么柔软，
触摸不着，挥亦不散，
却有几分清润温暖，
犹有几分蜜意缱绻。

但那唯一裸出江面
得幸保持的原生态——

野趣横生的桃花岛，
隔江相望的小花岛，
与那美丽的长虹桥，
与那刚劲的拉索桥，
与俊秀的真武南山，
与沧桑的夫人城郭，
与对岸的樊城炊烟，
尽皆不见……

假使置身此间流连，
有何生机朝气可言？
有何幸福欢娱可恋？

我的眼睛揉不进沙，
亦容不得雾的遮掩。
只缘爱的冥想在那
北斗星眷顾的高原——

那里的雪莲正开宴，
青春的篝火腾光焰；
乞蔓延，然不遂愿，
焉知雾盛行风雨傻？

我乞求暴风雨，
来得猛烈些吧，
更痛快更凌厉些吧！
结束这不着边际，
笼罩万物的雾气轩。

爱的交织

——根据战友的讲述

"哎哟，我的天！"
"哎哟，我的妈呀！"
上帝把我绑缚在产床上，
对我实施
最庄严的惩罚和摧毁。

我没有罪，
我的孩子更没有罪，
即便有违上帝您的孽罪，
无辜的孩子
难道不能替我赎罪？

"哎哟，我的天！"
"哎哟，我的妈呀！"
谁在撕扯凌迟烧烤啊
一阵阵叫我痛不欲生
又夜不能寐。

我忘记了一切，
只惦着——

与初恋人儿的别离，
我依依不舍地
登上返乡的火车，
他把一条崭新的浴巾
默默地塞入行李……

我的眼前模糊，
莫名地撞见他的眼睛，
像缥缈的远星，
隐含着凄怅的情，
我手中攥紧着浴巾，
好像攥着他的心。

仿佛我湿冷的手，
有他跳动的心在力挽，
近乎休克的体质突然
有了爆发力，
我的宝贝转瞬
即从我生命里赎了出去。

"哇"的一声啼，
——打破了紧张和沉寂。
我好生惊喜——
医生，
是男婴还是女婴，有没有畸形？
答复轻轻——

是个小子，很健康的小子。

一切归于沉寂……

新　生

——苦战青春志未酬，半生努力付东流，
相逢故旧中年恰，感喟脑勺后眼休，不言而喻添新愁。

亲爱的
我手脚束缚，身如僵尸；
我挣脱逆境，无心无力；
只有听命于生命的天使，
稳固在煞白的手术台上；
天赋我耐受镇静的体质，
我的大脑异常活跃清晰。
来吧，再来吧，我无所畏惧，
死亡之于我，是愤怒的唾弃。

亲爱的，
我用眼睛斜睨着你，
你举棋不定的犹疑，
你瑟瑟抖动的战栗，
表明你旋动的心悸
在为我的凋零而哭泣。
谢谢你，千万别悲悯，
你说过，一刀除心疾。

亲爱的，来吧，

生命托付你，死而无憾矣，

只因你金子般的心，

无一丝瑕疵。

我深知，

你的心大爱无疆，

不曾泯灭，不曾沾染污迹。

亲爱的，来吧，

别畏惧，动起你

姑娘家绣花的手指，

把刀锋贴近，近之再近之，

剖开我，

充血沉甸的心脾，

把尘封的郁积，层层剥离……

在梦里

我在梦里见过你
说话脸红的你，
和我相遇在水渠，
我们长谈了平生美妙的一次。
你说，
你是渠水，我是土壤，
渠水滋养土壤，你非常愿意。

我在梦里见过你
披星戴月的你，
和我锄禾在雪地，
我们目睹了冰骨已然的草籽。
你说，
你是小草，我是雪花，
小草承载雪花，莫大的福气。

我在梦里见过你
风餐露宿的你，
和我同枕在戈壁，
我们固住了狂风摇曳的枸杞。
你说，

你种枸杞，我种百合，

枸杞偕同百合，主宰荒凉地。

——回忆情窦初开的美好，不禁心生愉悦，人也变得年轻些许。

裸　爱

你是我
爱的唯一，我的知己；
见你一面，遥遥无期。

遇见你，
今生今世难忘你，
来生来世犹念你。

假如我
一时骄横，一时娇气，
一时调皮，一时诡异，
千万千万……别介意！

有多少
悠悠往事的惆怅，
几度情缘的离弃，
让彼此
错过了美好的爱情憧憬，
错过了牵手的黄金时机。

回眸一望，不禁长泣，

一路走来，多么不易。

关照，鞭长莫及；
思念，夜无寐意；
祈愿，人生长久共珍惜。

——人间有情亦有爱，有爱就有真诚和善良。同学情和战友情不乏恋爱情，谁也逃不脱，有的情抵婚姻的彼岸，因善性趋附，恪守道德允许的范畴，不越雷池一步；有的迫于情面，秘而不宣。困顿、烦恼若为爱情故，不如轻哼一曲心扉恋。

真 爱

别问我，爱你为什么？
你醉酒心明——
你的眼睛好像
黑夜里一颗璀璨的星，
辉耀着我久违芳冷的心。

我的心，
盛着深邃的天空，
飘着妖冶的彩云，
揽着日月的光阴；
唯一的美丽依恋——
对你的一片真情。

你若问，
爱有多真，情有几分？
我轻轻地告诉你，别不信。
玉有多真，我的爱有几真；
海有多深，我的情有几深。

别问我，爱你为什么？
你醉酒心明——

一曲曲相思，

绵绵缩着梦里的诗情，

诗情的炉火

在我胸中猛烈地燃烧，

不灭的火焰

是我最最炽热的思念；

诗情的花朵

在我胸中尽情地绽放，

清廉的百合

是我对你缱绻的爱恋。

别问我，爱你为什么？

你醉酒心明——

——困于情殇，何不换个角度用心交流？天地之阔不比心之
阔，大海之深不比心之深，万物之灵不比心之灵。心有左心和右
心，左心出血，右心回血，相向相知，相互依存，相濡以沫，维
持生命的悸动。

胸　襟

去吧，我的先生，
去吧，我的爱人。
我不能吻你了，
吻你，免得你心不忍，
去吧，我视你作亲人，
一日夫妻，百日恩。

去吧，去寻你的梦幻，
让年轮之星流溢纷呈。
相信你——
从此扬长避短，
聪慧过人的优点挥发极致，
恼人俗气的缺点谷底葬身，
滋滋润润走好你的后半生。

去吧，我的先生；
去吧，我曾经的爱人。
孩儿自有孩儿的清福，
旧爱亦有旧爱之归属，
择孤独，为子嗣造福。

——人云亦云：婚姻是爱情的坟墓，只因步入婚姻，浪漫即逝，虽有新生命诞生之愉悦，却有养育新生命之付出。付出的艰辛，寄托着梦想。一旦梦想不尽人意，婚姻所带来的矛盾甚至危机在所难免。

孤　独

我的内心
有爱亦被爱着，
殉善性的趋附，
抵触神秘的自私，
我发誓不做爱的俘虏。

我要冲出
这爱的牢笼，
迷恋远山
缥缈雾障的奇峰，
蛰居晨昏
落照之美的茅草屋，
回归原始
人类刀耕火种的孤独。

与飞鸟走兽共舞，
浸浴霜雪和雨露；
与山涧喘息同步，
出没森林和魔窟。

以花果虫豸充饥，

以草叶遮羞裹足，
以始祖遗址自娱。
传说的七个小矮人，
和王子和白雪公主，
是我唯一的好邻居。

好一个孤独！
尽管飘渺虚无，
我心向往之，就像
禁锢的鸟儿向往蓝天，
生性倔强要碰栅栏的壁，
头破血流，却义无反顾。

我恪守那自由的孤独，
做一次艰辛跋涉的远足，
哪怕——
丛生的荆棘，蜇伤肌肤，
巉崖的崄巇，摧残筋骨，
湍流的惊涛，吞没身躯，
我亦无所惧，因为孤独
赋予我人格的独立和自主，
赋予我挑战生命极限的重铸。

爱与子

假如
你的爱已疲惫，
你的情已枯萎，
我只有生吞苦果
反刍腐烂的涩味……

尽管别了愉悦和甜美，
妙趣依旧——
萦绕于我脑海的沟回，
咀嚼在我记忆的味蕾。

只因
我的爱已深根，
我的情已葳蕤；
火攻，你来吧！
灰烬化作沃土的新肥。
风虐，你狂吧！
根系催生可爱的宝贝！

啊，宝贝，
我心疼难舍的宝贝，

你可知

林间绵蒙的细雨，是我的眼泪；

天上飘浮的云朵，有我的抚慰。

啊，宝贝，

我亲爱不够的宝贝，

我祈愿

大山向晚的风雨，

东方晨起的熹微，

助你成长快乐，步履尤芳菲！

爱的礼物

你，夜不能寐，
难道迷离四溅的腥血
匪是爱的泪河
流淌于盈亏的心扉？

我，何尝不是？
因为爱若翡翠的蓓蕾
在伤痕的内心
苦生得憔悴又枯萎。

一曲绸缪一咏诗阕，
往事烟尘缕缕四垂。

屋檐蜂巢日不停歇，
窗前金银霜花欲醉。

林中喜鹊奚落子规，
晚风残照雨雪纷哕，
相映成趣遥看春晖。

春晖，春晖，

远隔千山万水何时归！
虔心感动天神悯我悲。

芸芸众生请听令：
月儿为我化妆粉，
星儿入我胸腔坠，
云儿赐我金玉翠，
风儿带我满天飞。

翻山越岭步蜀道，
一望枯草连碧天，
坎坷突兀绿石坠，
炊烟，井台，和流水……
偶见紫霭衬出你魁伟。

你披霞光担星罗，
说是送我一份礼：
这份厚礼可不轻，
星辰济济入我心。

哎呀呀……
你眼花了，
不是星辰胜似星辰，
你戴上花镜细细瞧。

哦，

怎就恁多的萝卜？
萝卜好，吃了顺气，
有道是——
冬吃萝卜，夏吃姜。

哦，
怎就恁多的大豆？
大豆好，吃了补钙，
蛋白胶原，防骨脆。
哦，
还有一袋枸杞子？
枸杞好，日食十粒，
补肾降糖，睡眠好。

谢谢你，来日涌泉报。

此生不能没有你

蹚过一条暗藏玄机的河流，
爬过一座峰峦叠嶂的高山，
经过一段苦楚伤怀的情缘；

你成熟，你理智，你伟岸，
懂报恩，懂呵护，懂爱怜。

吻你，是我的深情，
有你，是我的骄矜，
谑你，是我的机敏。

别抹掉我香醇的留痕，
别介意我霸道的骄横，
别回避我诡异的爽耿。

你皱纹的涟漪，
每一缕捋着我的鬓；
你鬓角的发丝，
飘着美艳的金羽翎。

你沧桑的憔悴，

每一刻揪着我的心；
你心府的血涌，
闪着清粼的火流萤。

你刚毅的眼神，
每一波振着我的灵；
你灵魂的空冢，
书着显赫的圣贤明。

此生不能没有你，
我的爱，我的生命！

——心志犹存，无人知，有人谑，若有伯牙、子期之际遇，千万别错过，尽可对其倾诉心语、牵愁和爱慕，时时享受一程心路的愉悦和一程"蜜月"的履行，人生巧觐知己乃为幸。

曛烟袅惹的笑靥

晦盲的寂夜，
下着雨雪，
潮冷阴气肆虐
我的肺，与营养的血；
我的胁肋——
冰凉，暗生着代谢——

近乎
三十年的郁结，
不教身心舒歇，
我欲发泄！

雾蒙的雨雪，
对我不屑，
依旧我行我素
自顾自地飘洒，倾泻
楼宇、亭台、与水榭……

地面湿漉黏绒黑乎乎，
好似淤滞黄鳝的乌血。
别别……

别冲动，冲动是魔鬼！
文姬命苦一切向前看，
不为旧事的凄怅呜咽！

好生熟悉，
好生爱怜与奇绝！

轻柔——
恍若露滴，和花粉喘息的安歇；
曼妙——
恍若萌芽，和经络曼舒的嫩叶；
温润——
恍若玉霞，和曛烟袅惹的笑靥。

多么神奇，多么怡人；
养心养血，养着肝叶；
我心恬静，不再纠结。

伊甸园里只有我和你

人海茫茫，知音难觅。
没承想，
狂追奔腾激流的信息，
不可思议地，教我
意外地遇见洒脱轩昂的你。

你，
透着一身男儿正气的自信，
睒着一双辟邪智慧的眼睛，
操着一口温蔼诙谐的语音，
和你面对银屏，
好生亲近舒心，
真乃上帝下旨——
允我独享你柔情的良知。

阿弥陀佛，
我的蓝颜知己，
伊甸园里只有我和你。
我爱你，日复一日；
我爱你，只争朝夕；
我爱你，善解人意；

我爱你，懂得我内心的惆怅和哭泣……

谢谢你，九百九十九朵玫瑰送给你；
谢谢你，亿万万个吉祥如意祝福你。

流失的恋河

想你
字里行间的幽默，
游离
命里注定的星座，
缕缕
返照太阳的光波，
垂青
抚慰苍灰的心窝。

幸福的微笑，
荡满酒窝而婆娑——
婆娑着，鸟声虫鸣惊颤的叶落。

归根的叶落，
残铸的棺椁，
滋养着万物，
繁衍了香火；
保佑着世代，
劈斩了妖魔。

辟邪的习俗，

匪是迷信，匪是错，
只因你，浑身爬满智慧的藤萝。

葳蕤的灵感，何其多，
且倍活泼——
活泼打我，血海跌宕浪的颠簸。
好似心魂，腾飞的泡沫在穿梭，
穿梭宇宙，那伟岸孤独的寂寞。

不觉得落魄，
只觉得自个像活佛。
假如岁月
凝固在逝去的蹉跎，
背负的理想，
彼此不会擦肩而过。

渗血的艳阳

你，铁血男儿，
另一面菩萨的心肠，
滚动着山间流泉的欢唱；
牵手，慰藉，呵护，诙谐，
好似乐音的美妙与悠扬，
频频涌入我疲病的心房……

你，甚是惊鸿轻飏，
疑似浮躁与夸张。
匪也，绝非浮躁与夸张！

是良知的觉醒，
天性美酒的陈酿，
亦是一剂苦口良药的偏方——
杂陈着硕果抽蕊时，
记忆的迷香，
与几欲接吻死神的
空灵的情殇，
与数度波澜壮阔的
元气的大伤；
但一切一切，

已呈与洁明的月亮。

你，满身的月色银光，
爱怜地抹去，抹去
我黑夜漫长的沮丧，
重燃爱火的焦黄
与渗血的美艳的朝阳。
不曾消泯，
不曾彷徨亦无意彷徨，
因为朝阳的妩媚温润
正涡轮般旋转着绞杀——
我所领略的
一路的迷茫，与悲凉！

战友情

亲爱的战友，
你一声声妹妹
久违爱怜的呼唤，
好生亲切，好生欣慰，
好比赠我九十九朵玫瑰。

亲爱的战友，
你一声声妹妹
似曾熟悉的呼唤，
字字音符，润我心扉，
仿佛淙淙泉流多么恬脆。

亲爱的战友，
你一声声妹妹
有如亲眷的呼唤，
熨我肝肠，熨我脾胃，
恰似浊酒一壶令我回味。

我哭了，很久，很久……
滚烫的泪水簌簌滴落，
衣襟和袖口湿了很多……

亲爱的战友，

你可知我为何？

是我爱哭么？

你亦不曾见我哭；

是我脆弱么？

你本知我一点不脆弱；

是我心酸么？

你我谈笑风生欣慰尤多。

银屏前——

是我百感交集，喜极而泣，

由衷地感激你真诚地理解我。

依稀记得，

三十七年前，那场

时代的风波，我们付出灵魂；

生命不曾怜惜，心灵受辱没；

爱情尚无着落，理想竟撕破。

仿佛——

戈壁绿洲不容我，

风雪云朵不理我，

我能做什么？

——与战友冯新丽意外相逢，格外惊喜，她亲切地呼我小妹，使我热泪盈眶。想起蹉跎岁月，我们共饮一口井，同吃一锅饭，同睡一张铺，后又各奔东西，从未谋面，如今银屏相会特别亲。曾经不被理解，反遭冷落的境遇，在那一声声妹妹的呼唤中消失殆尽。

放飞心情

快！
闷了一冬的房，
致癌物要释放；
推开窗，放眼望——

天昏黄，
太阳吻山冈，
吻着婴儿的脸庞，
亦吻着恋人的脊梁。

天昏黄，
汉水奔长江，
奔去童年的梦想，
亦奔去毕生的希望。

天昏黄，
残月脱云帐，
脱掉庸俗的粉妆，
亦脱掉宇宙的凄凉。

天昏黄，

喜鹊歌春光
歌唱儿女的兴旺，
亦歌唱万物的生长。

天昏黄，
和风留暗香，
心境尤异样，不觉
爱字浮心上——
爱自然，爱亲友，
爱我所爱的人儿，
共度婵娟和天堂！

心 语

远方的战友，
你的名不在我心房里。
别介意，
悠悠岁月消耗了我的记性。

远方的战友，
你的音不在我听觉里。
只可恨，
弥弥风沙掩埋了我的耳屏。

远方的战友，
你的影不在我视野里。
怎奈得，
茫茫雪雾蒙住了我的眼睛。

远方的战友，
请允我梳理往事，莫伤心。

前世缘

——与战友阔别三十七年重逢于边陲，两度寄宿战友池秀莲家中，其间重返团场，受到战友史意香夫妇的热情款待。三年后，我们再度相逢，毕生难忘。

一

进门肉拌面，出门饺子宴。
个中情浓酽，皆为前世缘。

别来举芳樽，卅七载云烟。
闻蝉婚期近，晤面又三年。

二

重游故地寻春迹，
备受香莲①厚重情。
战友追思风雪月，
芳樽盈满泪花晴。

———————————

① 香莲，指战友史意香和池秀莲。

鸿鹄志要沙尘变，

碱垢霜同汗血凝。

岂料风云时令雨，

隅桑①彼此鲜联姻。

江水无情

风呼呼，浪滔滔，

风在吼，江水在咆哮；

风呼呼，浪滔滔，

浪在滚，一浪滚过一浪高。

一瞬间——

鸟惊魂，斜飞丛林不复回，

鸭生畏，径往草坞对草偎，

鱼敏锐，优雅沉底观上水，

牛逞威，滩草尽殁反刍归。

遥望远水——

风舞银蛇天鹅醉，

恍如美人发髻簪翡翠。

近观浔阳——

浪回柳岸草莺挥，

光怪陆离疑似水绣帏。

静听水浪——

浪拍岸仵犬石锥，

声若撕咬纤夫黝黑背，

所幸脊背——

百折不挠似铁髓，

凛然无畏震慑妖魔鬼。

痛惜潮汐——

鞭笞拖下青年腿，

生将鲜活呛死肤苍灰。

上帝啊——

青年何耶命弱脆？

心碎，心碎……

孔明诚子万当家

风云多聚绸缪雨，
臭水难闻好养花。
炉子隔时当架火，
断枝给水会出芽。

人生历事先贤指，
学海无涯苦棹划；
风雨同舟一路顺，
孔明诚子万当家。

凄 情

——老同学，身材高大，相貌堂堂，与人为善，慷慨大方，讲义气，重感情，嗜酒如命，因工作关系赴宴拼酒力，一度引发脑溢血，紧急住院抢救无效而殒命，年仅天命！

他，
我的老同窗，
一米八的个头，英气豪爽；

吮着蛇蝎似的酒香，
带着万般苦涩的惆怅，
与依恋、悔恨、情殇，
与凄楚，与阵痛……
去了，
去了他不该去的地方。

惊闻他已埋葬，
我与同学一行造访，
祭奠他不再醒来的坟场。

那里的阳间，簇拥着：
草木荫青，烟气氤氲；

虫鸟不惊，流泉低吟；
风绵雨轻，突兀幽静……

那里的阴间，分割着：
单人一隅，夫妻合墓；
碑石林立，诔词哀叙；
风残剥蚀，祭品满目……

牵动着，牵动着……
无数生者怀念的心。

我们痛失他年仅天命，
初恋的人儿悯他不幸，
哭得极伤心，极伤心——

一把眼泪，一把鼻涕
滞留他的碑前抚摩着，
啜泣着久久不肯离去……

他挚爱消愁的老窖酒，
一瓶又一瓶洒满墓地；
枯黄粗糙的草纸冥币，
一摞又一摞狼烟四起。

风尤轻，雨尤细，
尘灰烬，遗真性。

哎……

祭拜昔人人已去。

天①魂且作旧时②颜。

断肠杏雨③抽噎怨，

洒洒冥花告慰怜。

吾自独解恋人的情，

亦深明墓中人的病。

唯一的抚慰：

活着的恋人该坚强地

活下去，活出滋润来，

抹掉故人忧思的曾经……

恋人自是领受

我虔诚的恳请，

心却终日难宁：

假如那日应允他深情的一吻，

假如那回接受他信中的盟鸯，

假如那刻摒弃他初恋的妒意，

多一分呵护，多一分爱怜的心，

也许，也许他不会过早地离去。

---

① 天，指天命。

② 旧时，指初恋时。

③ 杏雨，即杏子花开的时节雨。

伞 兵

——2013 年 7 月 20 日，我从新疆返回途中，遭遇 6.6 级地震和地震引发的泥石流。列车于陇西野外滞留，我不习惯车上的餐饭，幸有水果自备，又有战友送的坚果、馍充饥。在人满为患、空间狭小的车厢里等待，真是焦躁难耐。我翻翻书，偶尔与同行的旅客攀谈以打发难挨的时光。我的邻座都是年轻人，其中一位伞兵生得瘦瘦高高，个头足有一米九〇，引发我的好奇心，个头太高，不够灵活。我问他：你这么高，还跳伞啊？他说：跳伞，就要个头高的，因为装备伞又大又重，重量有他体重的三分之二，个子矮了背不动，也控制不住。我说：跳伞很惊险，很刺激，你的感受很异样吧。他喜形于色道：是的，每一次跳伞成功，都有成就感。我即兴请他分享。他的话匣子打开来滔滔不绝，我听着沉醉其中，不知不觉难挨的光阴悄然流失，真可谓：车堵陇西流水长，一天难度一天宕，幸有伞兵趣闻事，充饥不少坚果馍。回想伞兵跳伞的惊险，意犹未尽，遂信笔由来。

舱门开了，
"呼"的一股旋风，
强劲如怒张的龙嘴，
就要吞没，要掀翻，
要拔起我的双脚离地。

"跳！"军令如山！

高度，1000 米——

我畏惧，我紧张，

我忐忑，我窒息，

却容不得，丝毫的怠慢，

与犹豫，与儿女情长，

与缠绵悱恻，与莫名的牵愁……

我攥紧着双拳，

背负装备伞的沉重，

从踌躇满志的胸腔内，

扯足气力，

爆发一声狮子吼！

此一吼，

震撼五洲，响彻宇宙。

空旷的宇宙，我来了！

狼牙山五壮士，

在我奔腾不息的血脉，

在我跳动激越的心房，

在我遐想穿越的灵魂，

流淌着充溢着喷发着

气冲云霄的壮志酬！

我，

义无反顾地纵身一跃，

跳出舱门，
跳出生死未卜的临界线，
坠向茫茫无际的天涯海，
与深不可测的万丈深渊，
与生还渺茫的老虎口。

引力和重力加速度，
无端使我
以每秒 50 米的速率坠落……

霎时，
我的五脏六腑一并震荡，
挛缩，紧紧地，紧紧地挛缩着，
挤压着胸腔，挤压着心口。
心脏濒危告急，
陡然
提到嗓子眼，
堵塞我的喉。

啊，我完了，完了……
我阖上眼，别无挂念。
任由死亡临头，
逼我坠向虎口。

突然，装备伞张开了，
我的肩臂陡然插上双翼，

我沉坠的体重被轻轻托起，
仿佛婴儿被慈母轻盈地托起，
托起了我的梦想，与慈母的希冀。

此时此刻，
我像凭空绽放的花朵，
与悠闲漫步的云朵同呼吸，
随着呼啸耳边的骤风暴雨飘逸。
飘啊，飘，
飘飘欲仙，似
天马，飞向天涯，
又似雄鹰，搏击长空，

不觉下坠开始减缓，
以每秒 6 米的速率降低，
我兴奋地睁开眼，啊，我还活着！
我本能地抓住操纵杆，小心翼翼。

长风激烈，我滑向你路径的趋势，
彩云翻滚，我踏上你浪峰的鹤立，
雨注扑面，我痛在你灸心的针刺。
啊，云浪之下，连着地气——
森林、河流、湖泊、草地、
庄稼、楼宇、街衢、城池；
汽车、轮船，渐渐地明朗，
人影似蚂蚁，格外地清晰。

我盼啊，盼那儿时
青梅竹马的人儿，
快快出现，
出现在徐徐蠕动的路人里。

亲爱的人儿呀，
我要轻轻地告诉你——
万千绦彩云绸练，
翡翠生烟镜月煎；
雪玉蜿蜒绾嶂峦，
天鹅鼓浪燕翩跹；
野草滨前曼妙姿，
浔阳蜃景瑶池现。

美景诱人吧，
量你蛟龙身，万万勿近之；
狼狈的下场，不承想也知——
不淹你半死，也成落汤鸡。

啊，亲爱的人儿呀，
逶迤绵延的大山茸毛般地
蛰伏着森林莽莽的绿荫庇，
啊，生得好柔软哟好细腻，
恰似牛郎织女纵情的四溢，
奔放在龙凤呈祥的锦缎里。

那是禁区哟，

谅你有飞天的本事，

也万万不可越雷池一步！

越一步，

万千的铜墙铁壁，

不置你于死地，

亦撕裂你的皮；

叫你动弹不得，

叫你半空悬吊，

叫你痛不欲生，

呼救兵，万般焦急。

假如你的毅力

等不及，必死无疑！

还有那参差的楼宇，

与茅舍，与那不起眼的

土疙瘩，与小小的石砾，

万万小心，万万不可触及，

脚踝生得再坚固亦不济；

一旦筋骨折，出局等着你。

呵护残疾，没意思！

万幸，我成功了，耶！

山坡和荒草地——我的目的地。

驼　峰

夫兄，
打牙祭为全家，
绾高裤腿赤脚下池塘。

池塘，
源头的活水不曾眷顾的地方；
生物的发酵最为感性的温床；
虫豸的孳生最富集的渊薮场。

夫兄无知，亦无畏，
挖残藕，捉鱼虾，
逮螃蟹，钩黄鳝，
清汤寡水的餐桌上，
总有一盘荤鲜大家尝。

浑然不觉
池塘的死水生蛊有多狂。

趁着
肌肤白嫩钻进去，
嗅着血腥的芳香，

突破血脉的屏障，
顺着血流的方向，
在鲜活的生命里东游西逛。
像人间不思归的浪子，
抛弃生它养它的故乡池塘。

嘻嘻……
像哥伦布发现新大陆，
发现一柱挺拔的脊梁：
没有池塘的肮脏，
亦无外来物种的生长。

蚕食啮噬好营生，
爆发肆虐图扩张，
粗壮的脊梁
世代寄生的好地方。

生殖繁衍无穷尽，
汲取血脉自营养，
果腹足以作粮仓。

机体，
纵有卫士蜂拥齐抵抗，
亦无法阻挡——
亿万万个吸血鬼的狂妄，
呈指数倍数地疯长，

像个驼峰骑在他背上。

时年舞像十九的他，
相貌英俊体格壮，
自打裸腿赤脚下池塘，
高耸的驼峰压在他背上。

堂堂七尺躯，
腰杆伛，脊背弓，
挺胸不起，伸腰不直，
青春正旺身先萎，
泪湿衣襟时为常。

多么沮丧又凄怅，
行路咫尺近，看似遥遥远，
恍似行在空旷的大漠上，
好像负荷跋涉的骆驼相。

瘦骨嶙峋的肢体，
日夜扛着沉重的驼峰，
扛着强直弓张的畸形的脊梁。
几十年如一日，
坐卧行难上难，
求医问药不济事，
人财两空花甲亡。

扛　着

次子沉疴亡，
婆母伤心痛断肠，
本为次子活着的操心命，
不禁几度衰竭病膏肓。

一日梦夫君，
絮叨奔命的旧时光——
柴米油盐要操持，
风雨天里要防屋漏雨，
二孩夭折可怜见，
次儿驼峰扛着痛心上。
尔又醉酒把命偿，
牵挂的次儿随尔去，
活着之于我，
中年丧夫，老年丧子，
不如随尔父子去，
若是烦劳儿女又将痛心上。

婆母睡虎山①上遂了愿，
毗邻壮年公公冢，

---

① 睡虎山，即武汉公共墓地。

对望新居次子坊。

先生疲于奔丧，
眼睛青肿又哑了嗓。
儿子正在班上，
千里迢迢星夜返乡。

老屋辟作灵堂，
挽联白字黑纱遗像、
祥云仙鹤灵台炷香，
云烟袅袅沉重满堂。
守灵三宿清晨天幕微亮，
远近亲眷赶早驱车送葬。

车系红布辟邪，
车流一路无挡，
途中升起温暖的冬阳。

挨近年关清香，
先生匆忙回家赶趟。
儿有恋人念想，
唯吾独守空房。

邻里烟花泊窗无心赏，
打开电视看春晚，
郭冬临与牛莉

搭档的小品有新创。

短信传来祝福，

及时回安康，

冲淡了没有年味的清凉。

爱的奇迹

我的母亲
罹患喘息病，
药物和着三餐食，
复发不定哪一时。

父亲葬殓日，
母亲半坐床沿悲戚戚，
泪如雨下若河溪。
过度伤心引发老毛病，
咳喘持续困呼吸。

幸得好友黄医匠①，
一招妙手回春祛病疾。

母亲年上八十二，
儿子醉酒突发脑溢血，
养儿防老无指望，
一生的付出化泡影，
母亲万念俱灰好焦急——
万年冰封从无歇斯底里，

---

① 黄医匠，即黄几人医生。

顶着压抑内敛的性情，
头一回崩溃大决堤，
和着山洪似的泪雨，
咆哮着一泻千里。

仿佛母亲回到年轻时，
乳婴儿子躺在她怀里，
吮着甘甜的生命乳汁；
母子沉浸幸福犹未及，
竟遭魔鬼抢去做人质。

儿子的开颅手术告成功，
只待偏瘫的肢体早康复。
母亲转悲为喜，
日复一日不间断地
点燃酒精，徒手蘸火焰，
铺洒在偏瘫的肢体上，
操起按摩的好手艺，
撩火赶扑好生娴熟。

蔚蓝的火焰飘忽不定，
遇上偏瘫的肢体，
热度与低温呼应，
膨胀与冷却对撞，
迸发出生命细胞的流雨星。

兴奋的流雨星，

扑闪跳跃着，活泼滴沥着，

仿佛鸟儿青睐的小精灵。

小小的精灵，

展开夜行蝙蝠的羽翼，

飞翔俯冲专攻肢体

无动于衷的麻木与经络的萎缩，

与肌肉的瘫软与情绪的一蹶不振，

与大脑灵魂的沉睡不醒。

看着母亲的劲头，

好似往昔橘黄的昏灯下

不知疲惫地缝补，

又好似年轻的绣花姑娘，

细腻耐心地绣绷布，

儿子好震惊，

重新燃起生命的新火炬。

襄江，美女

襄江，美女，
自从盘古开天地，
你孕育而生，呱呱坠地，
偃卧于恋人的胸膛——襄阳。

岁月悠悠，苍天渐老，
襄江，美女，
你亘古不变，始终如一，
勤勉于
晨送曦月，晚接平西，
保持你百媚的娇柔——模样。

襄江，美女，
你的左臂樊城，右臂襄城，
你的卫士城墙，屏风城池；
你的侍女夫人城，
你的邻居真武山，
你的屏障老龙堤。

那夕照的杏水，你的玉容，
那翠微的西山，你的秀发，

那生趣的岛屿，你的脏腑，
那蜿蜒的河身，你的腰肢。

日丽涟漪，
是你和风的笑意；
霞光千仞，
是你发髻的金簪；
云霓万丈，
是你绮丽的裙衫；
皓魄玉屏，
是你试妆的镜面。

你滟滟地奔流，
流经古代的城口；
你漾漾地奔流，
流向长江的中游；
你悠悠地奔流，
流泻儒雅的清秀。

温柔是你的本性，
暴躁是你不得已。

游人与孩子，
喜欢你，触摸你，
与你亲近咫尺做游戏，
用你浔阳的水草洁手足，

取你清凉的琼浆泽花木，
扑你温馨的怀抱得美意。

焉知你有脾气？
生将鲜活的生命拽谷底。

无人诅咒你的恶，
只恨妖风这头鳄，
觊觎你，馋涎沥，
撕你娇美的玉体。

襄江啊，美女，
诸葛亮，爱你，
凭你的智慧运筹帷幄；
襄阳人，爱你，
倚你的慷慨建筑城郭；
我爱你，爱你
西施的微笑端庄，
貂蝉的柔情蜜意，
贵妃的丰腴润泽，
昭君的出塞大义。
爱你，永远地爱你！

汉江，我吻你

——畅游在江河湖海，出水的瞬间，体表每一根毛孔释放出地球三分之二的体积压力，也许是你一生所承载的一切压力。

凭冬日之斜阳的温馨，
凭霜华之半月的清朗，
凭堤坝之敞篷的荫庇，
更换着泳衣，
像泡脚似的，
我赤脚下阶墀，
下到临江的阶墀，
浔阳盈满的阶墀，
月晕霜点的阶墀。

初冬的凉意，
锋利地穿透——
循环通衢的脉络，
与肌肉附着的骨子里。

脚心涌泉①凉兮兮，

---

① 涌泉，指穴位。

踝骨三阴交①亦凉兮兮，
凉至胫腓骨，凉至
肚腹三里留的足三里②。

寒从脚下起，别介意！

信手撩起江水来，
扑扑脸颊扑肩臂，
默念："汉江，我吻你！"

吻你伟岸的身躯，
吻你优雅的气息，
吻你阴柔的清凉，
吻你慷慨的润泽，
吻你深远的情思……

我的吻，我的爱，
与我虔诚的热恋，
汉江有情有义似感知。
她知恩图报，冷不丁
给我来个意外的惊喜。

----

① 三阴交，指穴位。
② 足三里，即穴位。肚腹三里留，中医认为"腹部有痛疾，针灸足三里"。

哗啦啦的，水花花，
像撒网又像挂瀑布，
洒满斜晖四溢的光彩，
装饰我，裸露的肩臂。

裸肩平添一副金银袖，
恰似风绣、霜绣、雨绣、
雪绣、云绣、星绣、光绣，
亦似丝绣、花绣、叶绣、羽绣，
或似瑶草绣、苗绣、湘绣和苏绣。

水美秀几分，冷酷有几分。

我裸着肌肤，
感知适应再感知，
脏腑一共鸣，
纵身一跃扑江里。

冷江热身，浑然一体，
白浪腾空瞬间打背脊。
吸溜儿凉，
凉透了骨髓，
凉透了血脉与心底。
"挺住，用力。"我自鼓励，
划水，蹬腿，离岸好几米。

一边快速前进，
逼出冬寒的湿气；
一边呼哧喘息，
呼出肺淤的浊气；
一边朝那解佩渚的
浔阳之地，蒿草之地，
丛生簇簇的芊芊兼葭之地——
我奋力划行，搏击再搏击。

喝几声豪迈，去几分寒意，
纵有脊梁与心窝的冰冷气，
别介意！
一如既往，搏击再搏击！
无所畏惧，足以驱寒戾。

几寸光阴逝，暖流满身起。
不戴游泳帽，扎个辫刷子，
晒热了头皮，一头扎水里。
江水惊透凉兮兮，
热胀冷缩彰显无遗。

头皮生疼一寸厚，
毛囊根根如针刺，
麻麻爽爽好刺激！
不由道一句：
汉江，我吻你！

吻你宽敞的怀抱，
吻你浩淼的烟波，
吻你柔情的恣意。

人无完人，金无足赤。
汉江温柔，也有怪脾气。
冬日里，汉江脾气异常冷，
日复一日冷得透彻椎骨脊。
待你吻了她，畅游正带劲，
不但没回报，反教风浪起——

风逐浪，
一浪更比一浪高，
浪涛滚滚
没你头顶，没你鼻息，
稍不留意，
灌你一口浑江水呛死你。

自觉憋气又窒息，
本能咳嗽又喘息，
稍歇息，
用力划水向下压，
浮力自然托身体。

斜阳渐西下，
月晕霜华明，

日月同辉天将晚，
江水愈发暴寒气。
真没辙——
胳膊冻红，
手掌脚趾麻木状，
关节僵化肉生疼，
打水划行欠伶俐。
只缘瘦骨嶙峋能量低，
不禁冬寒缚肢体，别介意！

迎向霜染的斜阳，
搏击再搏击！
斜阳暗暗不服输，
余威紧紧逼，
不戴泳镜光刺激，
赶紧闭眼护眼底。

眼睛湿漉漉，
似有一层液晶纸，
薄如蝉衣，
透出后羿的矫健姿。

瞧后羿，
弯弓搭箭射太阳，
小太阳
赤橙黄绿青蓝紫，

纷纷扬扬坠江里。

汉江水

磷光闪烁像玻璃。

转瞬间，

小太阳生锈像铜币，

一枚枚陨落

竞相跳跃着出眼底。

免生无谓的眼疾，快逃离！

我自提醒，背向斜阳行，

一时风浪静，满目现生机——

寒鸭近岸闲，时而没江里，

鱼儿偶现身，惊跳弄涟漪。

飞鸟扑翼去，久久旷心怡。

老翁钓一日，不及网一时。

公子逆水行，游女力不济。

风儿、鸟儿、鱼儿、鸭儿、

泳人恋汉江，和我就伴儿。

我一鼓作气，游向目的地！

返程踏上老龙堤，

神清气爽一身轻，

一切烦恼、苦痛全忘记，真惬意，

真想高歌一曲——汉江，我吻你！

故地重游①

餐餐共一灶，早晚同工时。
客居陈旧事，乐在苦中思。

今生斑两鬓，似梦醉畴昔。
秀莲情甚笃，延宕无归期。

期至与众别，站前安检阻。
踽踽是回眸，戚戚泪无语。

才识真面目，故旧爽杨云；
念妻先他去，时把酒来醺。

途中陇西难，幸有新丽囊；
报与远昭君，平安隔日畅。

---

① 此篇人物有战友：池秀莲、杨云、冯新丽、许远昭等。

堤岸观景

夕阳落襄江，东风裁柳装。

燕雀吻水戏，鱼鹰捉鱼忙。

游人近堤边，水浪打鞋帮。

小鱼殁鹰喙，大鱼尽投舱。

迷人的九洲岛

入眠虫鸣伴，眠醒雀声迎。

才闻暗香涌，就见金叶灵。

即兴沿湖遛，别具异国情。

蜿蜒环阁水，玉龙抵花亭。

遥思中国风，蜈蚣水车吟。

嶙峋梨花瀑，汩汩荆山行。

游鱼喁喁归，深居紫气盈。

迷人九洲岛，园林四季青。

人在水中遨

人在水中遨，日①栽林前草。
状如一顶帽，荫庇好逍遥。

人在水中遨，静观桃花岛。
狗追飞鸟跳，牛走殁茎蒿。

人在水中遨，当心被垂钓。
望灯远水照，鱼儿时中招。

---

① 日，即落日。

夜无眠

老公养花草，积水不常浇；
孳生众小咬，小咬喜得巢；
昼伏夜出巢，床前耳边叫。

恼人瞌睡跑，掌灯搜小咬；
四下静悄悄，气打老公找；
反遭他讥诮——
是尔表现好，蚊子都知道。

后 记

　　总览本诗集，大致分为景观篇、战友情谊篇、爱情篇、亲情篇。其中十几篇战友情，主要记录湖北襄阳地区、黄石地区、荆州地区、黄冈地区的战友在边陲的吃苦精神，以及与边陲战友的共同奋斗中所结下的深厚情谊。由于武汉战友到了边陲，不日即与湖北各地市的战友分开，去了农业连。我和水工连的湖北战友对他们了解不深，近几年通过微信才略知一二：譬如队长一心为公的特殊经历、刘东海的故事、陈伟的见义勇为，尽管素材不多，但可以看出武汉战友的奉献精神。2016 年，我们支边战友再度集结，重返故地边陲，受到当地团场党政工团和知青战友的热情接待，我们曾经的团首长和连长、指导员都已故去，庆幸指导员刘桂琴同志健在，她在欢迎会上作了热情洋溢的发言，充分肯定了我们的吃苦精神以及对边陲建设的贡献。

评 论

武汉战友郑先念：你心中的诗花，就像天山雪莲一样绽放！

曾祥瑞老师：字里行间承载着作者对文学创作执着的追求，抒发了作者热爱祖国、热爱生活的满腔热情。

刘德兴老师：天山开阔了作者的视野，汉水陶冶了作者的情操，两者一起成就了作者诗意般的生活。

武汉战友孙奇忠老师：

初识民玲，是在几年前的战友群里，听到大家叫她"小党员"，对她多了分注意。她在中学读书时不满 18 岁加入中国共产党，1976 年高中毕业，放弃留城的优惠政策，报名支边。《长江日报》对她及其担任襄阳铁路分局紫荆岭机务段段长的父亲作了专访。以后她又放弃上大学和调往局机关工作的机会，坚守辛勤的护士岗位直至退休。民玲给我的印象是热情、率真、是非分明。前些时，民玲让我看看她的诗集，我方才重新认识了一个新的民玲——她不仅是时代的歌者，更是生活的思索者。翻阅她的一篇篇诗作，字里行间洋溢着对生活的热爱，朴实的语言中表现出深刻的哲理，即便是一泓水、一群鸭，也写出微言大义，令人回味。"功夫在诗外"，民玲的诗作，来源于她的生活经历，来源于她的心路历程，更来源于她多年的积淀。希望民玲沉下心来，多思多想，创作出更多高质量的作品。

图书在版编目（ＣＩＰ）数据

小麻鸭诗集 / 彭民玲著. -- 武汉 ：长江文艺出版社，2021.8
ISBN 978-7-5702-2051-9

Ⅰ. ①小… Ⅱ. ①彭… Ⅲ. ①诗集－中国－当代
Ⅳ. ①I227

中国版本图书馆 CIP 数据核字（2021）第 044431 号

小麻鸭诗集
XIAOMAYA SHIJI

责任编辑：胡　璇　　　　　　责任校对：毛　娟
封面设计：源画设计　　　　　责任印制：邱　莉　　王光兴

出版：长江出版传媒　长江文艺出版社
地址：武汉市雄楚大街 268 号　　　邮编：430070
发行：长江文艺出版社
http://www.cjlap.com
印刷：武汉市籍缘印刷厂

开本：880 毫米×1230 毫米　　1/32　　印张：5.875　　插页：2 页
版次：2021 年 8 月第 1 版　　　2021 年 8 月第 1 次印刷
行数：4259 行

定价 39.00 元